Saint Benoît
et la vie
monastique

Claude Jean-Nesmy

Saint Benoît et la vie monastique

Éditions du Seuil

COLLECTION DIRIGÉE PAR VINCENT BARDET
ET JEAN-LOUIS SCHLEGEL

L'édition originale de cet ouvrage a été publiée,
avec des illustrations, en 1959 aux Éditions du Seuil
dans la collection « Maîtres spirituels ».
La présente édition en reprend le texte intégral.
La bibliographie a été mise à jour.

ISBN 2-02-040765-5
(ISBN 2-02-000274-4, 1ʳᵉ publication)

© Éditions du Seuil, 1959
et avril 2001 pour la présente édition

Le Code de la propriété intellectuelle interdit les copies ou reproductions destinées à une utilisation collective. Toute représentation ou reproduction intégrale ou partielle faite par quelque procédé que ce soit, sans le consentement de l'auteur ou de ses ayants cause, est illicite et constitue une contrefaçon sanctionnée par les articles L. 335-2 et suivants du Code de la propriété intellectuelle.

www.seuil.com.

Vie de saint Benoît

LA VOCATION

Il y eut un homme... ainsi commence le récit dialogué que le grand pape saint Grégoire nous a laissé de la vie et des miracles de celui qu'on appelle communément, et à juste titre : « le Patriarche des moines d'Occident »*. Le rapprochement de ces deux termes est par lui-même significatif : c'est parce qu'il y eut *un homme*, cet homme-là ! que les moines, tous les moines d'Occident, ont été marqués de son esprit au point de voir toujours en lui, après quelque quatorze siècles, leur commun patriarche. Et sans doute faudrait-il même ajouter qu'à travers l'institution monastique, cet homme, qui se soucia si peu de faire l'histoire, eut une influence incalculable sur les destinées de l'Église et de la civilisation occidentale tout entière.

Or, le récit de saint Grégoire s'attaque d'emblée à la vocation de Benoît, c'est-à-dire au moment où il aban-

---

* Nous nous référerons aussi souvent que possible à ces deux sources essentielles que sont d'une part le IIe livre des *Dialogues de saint Grégoire* (cité : D.) et de l'autre la *Règle de saint Benoît* (cité : R.). Dans ces deux cas, le chiffre indique le chapitre. Avec la fraternelle autorisation de leurs éditeurs, nous utilisons les traductions qui sont à la fois les plus accessibles et des mieux venues : SAINT GRÉGOIRE LE GRAND : *Vie et miracles du Bienheureux Père Saint Benoît* (Éd. de la Source, 1952), et : SAINT BENOÎT : *La Règle des moines*, traduction de Dom Philibert Schmitz (Éd. de Maredsous, 1948). On trouvera groupé à la page 146 le texte des autres notes.

donne le monde. Jusque-là, tout est banal en cette vie de jeune provincial : il est de Nursie, à quelque cent dix kilomètres au nord-est de Rome ; il est de famille noble ; il est *envoyé à Rome pour étudier les belles-lettres*, la rhétorique n'ayant pas perdu ses droits, bien au contraire, en cette fin de la civilisation romaine ; il connaît alors la double tentation, si fréquente à cet âge et en ce milieu, d'une culture trop profane et des séductions de la femme.

Nous ne devons pas compter sur saint Grégoire pour nous en faire le roman. Notre chance, justement, c'est de pénétrer bien plus profondément l'âme de Benoît à travers ce dialogue, si sobre mais à la fois si sérieusement documenté et si compréhensif. Saint Grégoire, en effet, s'il n'est pas tout à fait contemporain de son héros, a pu se renseigner auprès des disciples de saint Benoît. Bien plus, avec une objectivité rare à cette époque, il ne se contente pas de citer ses sources dès le début, ou de noter, par la suite, quelque renseignement complémentaire puisé par ailleurs : il pousse la probité jusqu'à préciser que tel de ses informateurs, en lui rapportant un fait, avouait n'en avoir pas été le témoin oculaire (D. 15).

Ce n'est pas dire pour autant que nous nous trouvions devant une de nos modernes vies de saints. Dédaignant les précisions chronologiques, saint Grégoire s'en est tenu à ce que le cardinal Schuster appelle très justement *les Fioretti de saint Benoît*. Mais gardons-nous d'en être dépités : en ces anecdotes miraculeuses, c'est un saint qui cherche à comprendre un autre saint ; aussi le fait-il avec bonheur, s'attachant essentiellement à mettre sans cesse en relief les liens qui unissent Benoît à son Dieu. Nous avons un premier exemple de cette méthode dans le récit de sa vocation.

Saint Grégoire omet de nous en préciser le jour et l'heure. Tant pis. À quelques années près, que nous

Vie de saint Benoît

importe, au fond, la date exacte où Benoît quitte du même coup Rome, ses études, et tout espoir de brillante carrière ? De toute façon, l'événement se situe à l'extrême fin du terrible Ve siècle, donc en une atmosphère de fin du monde. Depuis la première prise de Rome, à l'aube de ce même siècle, par les Wisigoths d'Alaric, les Barbares sont à toutes les portes. Que Clovis, l'actuel conquérant des Gaules, soit en passe de se faire baptiser à la tête de ses troupes en cette année 496 – c'est-à-dire, à peu de chose près, au moment où Benoît sort de Rome –, c'est une coïncidence notable seulement à nos yeux. Sur le moment, qui aurait pensé à la remarquer ? Un étudiant de moins, entre tant d'autres, Rome ne risquait guère de s'en croire dépeuplée.

Nous voudrions bien davantage apprendre pour quelles raisons Benoît renonce au monde. Le fuirait-il ? Mais aucun péril barbare ne semble alors planer sur la Ville éternelle de façon imminente. Et Dieu sait que Benoît ne se soucie guère de la situation politique. Serait-ce donc la peur qui le pousse hors de Rome ? Oui, répond saint Grégoire, la peur de *se perdre tout entier dans le redoutable précipice* de l'ambition et de la sensualité. Un tel motif nous inquiète aussitôt : ne viendra-t-il pas donner aliment au séculaire reproche fait aux moines de s'enfermer dans leurs cloîtres par lâcheté, au lieu d'affronter courageusement la vie plus difficile du chrétien « en pleine pâte humaine » ?

C'est que la peur du péché semble à beaucoup, par une dangereuse illusion, la peur d'une responsabilité, le refus de courir un risque, comme s'il fallait plus de courage pour commettre le péché que pour y renoncer. En vérité, le péché tente, il attire, on y tombe, autant d'expressions qui, bien avant Dostoïevski ou Faulkner, témoignaient que le péché est une facilité. La force demanderait plutôt que l'on surmonte la tentation.

C'est bien ce que fait ici Benoît, mais de façon déconcertante puisqu'il lâche pied. Non point dans l'espoir fallacieux d'éviter désormais toute épreuve : on sait que la figure de cette femme inconnue qu'il avait remarquée à Rome le poursuivra jusque dans son ermitage ; après des années d'ascèse pourtant, son imagination en sera encore si vivement affectée qu'il s'en faudra de peu que l'ermite ne reprenne le chemin de Rome. Il devra alors vaincre ce feu intérieur par les brûlures des orties et des ronces où il se jettera désespérément (D. 2). Tant il est vrai que chacun de nous porte en soi-même la source de ses tentations. Le désert n'y change rien, ou si peu.

Benoît ne va donc pas y chercher d'abord la tranquillité (il faudrait, pour l'imaginer, n'avoir pas la moindre expérience de ce qu'est la terrible épreuve de la solitude). La peur où il est de pécher est bien plutôt la conséquence de son immense *désir, qui est de plaire à Dieu seul*.

Tel est bien le motif pour lequel, aujourd'hui comme au premier jour, des hommes se font moines. Cela est si vrai, si évident, que ce nom même de « moine », qui vient du grec « monos », a toujours été interprété comme caractéristique de cette préoccupation *exclusive*.

Car, bien entendu, tout chrétien est appelé à « plaire à Dieu ». La recommandation en est même fréquente, sous la plume de saint Paul, et nul ne saurait en être dispensé. Il n'y a point d'exception qui soit concevable, la vocation chrétienne étant, par définition, vocation à la sainteté, puisqu'elle est union au Christ, le Saint de Dieu (cf. I Thess. IV, 3-8). Rien n'empêche de penser que, le cas échéant, pareille sainteté puisse être vécue dans le monde, aussi bien et mieux que dans les monastères : à preuve la Vierge Marie, la plus grande sainte qui fût jamais au monde.

La vocation de saint Benoît est originale en ceci qu'il désire plaire à Dieu *seul*. De là viendra son définitif

Vie de saint Benoît

abandon d'un monde auquel il redouterait de plaire. Nous en trouvons la preuve dès le premier chapitre des *Dialogues* ; car Benoît ne semble pas avoir, dès l'abord, songé à se faire ermite. Il laisse seulement *les écoles, la maison et les biens paternels* (il semble que saint Grégoire veuille ici au moins suggérer un rapprochement avec la vocation d'Abraham), mais il emmène avec lui sa fidèle nourrice et, arrivé à Enfide, situé à cinquante kilomètres à l'est de Rome, il se laisse assez facilement persuader, semble-t-il, par plusieurs personnes fort honorables, de se fixer au moins pour un temps en ce village. Là-dessus arrive le miracle du crible : sur la prière de Benoît, l'ustensile prêté à la nourrice et malencontreusement cassé en deux se recolle à la grande admiration de toute la population pour le jeune thaumaturge.

Que fait Benoît ? Comme le Seigneur, gêné par la soudaine popularité que lui vaut le miracle de la multiplication des pains, *Benoît s'enfuit à l'insu de sa nourrice. Il se retire* alors, et alors seulement, *dans un lieu désert appelé Subiaco*, où il va mener pendant trois ans la vie érémitique dans une grotte appelée depuis « Sacro Speco ». C'est, comment saint Grégoire avec la même pénétration, qu'il était *plus avide de souffrir des maux de ce monde que de jouir de ses louanges, d'endurer des travaux pour Dieu plutôt que de s'élever par les faveurs de cette vie* (D. 1).

Pour Dieu : c'est le mot important, la clef d'une vie ; saint Grégoire le sait si bien qu'il donne généralement à son héros le titre d'*Homme de Dieu*, comme si c'était son nom propre. Nous avons d'ailleurs sur ce point capital le témoignage de Benoît lui-même.

À plusieurs reprises, en effet, au cours de sa Règle, celui-ci aura l'occasion de préciser quels sont les motifs recevables d'une vocation monastique. Toujours il s'agit de *chercher Dieu* : on le demandera au novice qui veut s'engager dans cette vie, comme au moine éprouvé que son supérieur choisit pour en faire un prêtre. De façon plus pressante encore, saint Benoît, si éloigné de toute rhétorique, écrira l'un des très rares morceaux d'éloquence de sa Règle lorsqu'il l'ouvrira sur un prologue où l'appel que Dieu fait aux âmes est présenté au disciple.

Il est vrai qu'on y parle de *l'amendement des péchés*, du ciel et de l'enfer. Pourquoi donc l'homme de Dieu cacherait-il des réalités qui font la trame de notre vie spirituelle ? La vie chrétienne tout entière est une rédemption, on ne saurait y échapper. Au surplus, la correction des vices n'est là que pour faire accéder le moine à cette *voie de la vie*, à cette plus grande lumière ; le bonheur du ciel est présenté comme la vision du Bien-Aimé éternellement triomphant, et si la géhenne est évoquée, c'est que toute crainte n'est pas à rejeter, au moins dans les commencements. Plus tard seulement, *le moine parviendra à cet amour de Dieu qui, s'il est parfait, bannit la crainte. Grâce à cette charité, il accomplira sans peine, comme naturellement et par habitude, ce qu'auparavant il n'observait point sans cette crainte. Il n'agira plus alors sous la menace de l'enfer, mais par amour du Christ, sous l'effet d'une sainte accoutumance et de l'attrait délectable des vertus* (R. 7). Même alors, il conservera *pour Dieu une crainte*, mais *inspirée par l'amour* (R. 72).

Dès sa retraite au Sacro Speco, puis, toute sa vie durant, en fondant, en organisant, en réglant la vie de ses disciples, l'Homme de Dieu ne prétendra point à autre chose qu'à instituer ces *écoles du service du Seigneur* que doivent être les monastères [1].

Voilà donc où aboutit cette *quête d'une forme de vie sainte*. À cette âme assoiffée de Dieu seul, il semble que la seule sainteté intérieure ne saurait elle-même

Vie de saint Benoît

suffire. La forme de vie doit, elle aussi, être sainte. L'intensité de la vie spirituelle va se manifester, s'incarner dans *une forme de vie* qui soit, autant que possible, sur mesure avec les besoins de l'âme, et qui s'engendrera peu à peu, tout au long de l'existence terrestre de Benoît, sous la pression de cette nécessité intérieure, jusqu'à ce qu'elle prenne l'expression définitive que nous lui connaissons à travers la Règle. Là se trouve le sens de la vie et de l'œuvre du Patriarche des moines d'Occident, là se trouve donc, du même coup, l'Esprit qui légitime la Règle et qui vivifie l'institution monastique tout entière : elle n'est rien autre chose qu'une forme de vie sainte. Toutes les autres vocations chrétiennes mènent à la sainteté ; ce qui caractérise la vocation religieuse et monastique illustrée par saint Benoît, c'est qu'elle réalise un cadre de vie qui, tout à la fois, reflète, prolonge et soutient cette marche spirituelle à la sainteté. L'évocation de la vie et de l'œuvre de saint Benoît permettra de le comprendre mieux.

Pour l'instant, il nous faut revenir encore au paradoxe de cette vocation. Car Benoît s'enfuit à Dieu, soit ! Mais le monde, lui, continue à tourner, et le destin de Rome à se pervertir. Ne conviendrait-il pas de s'en préoccuper un peu ? On ne voit point que l'Homme de Dieu le fasse ; il est même à ce point ignorant, non seulement de la gazette, mais bien des événements les plus essentiels à la vie de l'Église, qu'un jour de Pâques arrivera sans même qu'il se doute de la fête. Sa vie est-elle donc perdue pour les hommes ?

Eh bien non, justement. Il se trouve que c'est Benoît, avec son apparente indifférence, qui réalise une œuvre dont l'influence civilisatrice paraît difficilement contestable, encore qu'il ne l'ait aucunement cherchée, alors que son contemporain, Cassiodore, si anxieux de sauver dans son « Vivarium » quelques bribes du patrimoine littéraire classique, n'obtiendra que des résultats éphémères et sans portée véritable.

Mais le paradoxe, à vrai dire, devrait-il seulement nous surprendre ? Qu'est-ce autre chose que l'un des exemples les plus parfaits de la loi énoncée par le Seigneur lui-même : « Cherchez d'abord le Royaume de Dieu, et le reste vous sera donné de surcroît » ? Au petit jeu de qui perd gagne, Benoît, ayant en apparence perdu sa vie, gagne le monde.

Il a choisi Dieu, soit. Mais Dieu est tout, ou il n'est pas. Chercher Dieu, c'est tout gagner. Nous nous y laissons seulement tromper parce que nous calculons d'après nos humaines expériences ; mais le parallèle ne vaut pas. Car ce que je peux chercher, en ce monde, est toujours limité, donc particulier, et finalement exclusif : l'égoïste se recherche, et donc méprise le reste ; l'ambitieux – qui n'est qu'un égoïste de plus grande envergure – convoite le monde entier, mais risque bien d'avoir à le faire contre Dieu. Qui est pour Dieu, comme Benoît, surmonte ces rivalités mesquines : il voit tout comme Dieu, « qui ne hait rien de ce qu'il a créé », ainsi que le dit l'Écriture. Sans même qu'il l'ait prévu ni encore moins cherché, son action, branchée sur Dieu dont l'efficacité est souveraine, prend une portée que nous soupçonnons vaguement lorsque, après quatorze siècles, nous la voyons perdurer sur les cinq continents.

Mais, du vivant même de saint Benoît, une anecdote et une vision, toutes deux rapportées par saint Grégoire, nous permettent de comprendre cette espèce de survol qui donne au Patriarche des moines une telle sérénité et une telle grandeur que ses contemporains en demeurent frappés.

Les victimes du fait divers ne sont pourtant pas de minces personnages : rien de moins que Badwilla – appelé Totila par saint Grégoire – roi des Goths, qui ne fut certes pas un de ces Barbares, grossiers et lourds, que nous imaginons, mais un politique d'envergure, visant à la fusion du vainqueur avec les peuples vaincus. Au cours d'une expédition, le monarque et sa cour vinrent donc à passer près du Mont-Cassin, où l'Homme de Dieu est venu fonder son grand monastère. On devine la terreur des paysans d'alentour, malgré la discipline de fer que Totila maintenait dans ses troupes. Mais Benoît, lui, ne se trouble guère.

Le roi Totila avait ouï dire que le saint homme possédait le don de prophétie. Il se dirigea vers son monastère, s'arrêta à quelque distance, et fit annoncer son arrivée. On répondit immédiatement au roi qu'il pouvait venir. Mais lui, de nature déloyale, voulut vérifier si l'homme de Dieu avait réellement l'esprit de prophétie. À l'un de ses écuyers qui se nommait Riggo, il donna ses bottes (insigne de la dignité, en ce temps-là), *lui fit revêtir des habits royaux et lui ordonna d'aller trouver Benoît en se faisant passer pour le roi en personne. Il lui adjoignit, comme suite, les trois comtes Vulteric, Ruderic et Blidin, d'ordinaire plus spécialement attachés à son service ; ceux-ci devaient l'entourer de manière à donner l'impression au serviteur de Dieu que c'était le roi Totila lui-même qu'il avait devant les yeux. Il lui fournit aussi une escorte et des écuyers pour faire croire par ce cortège même et par la pourpre dont ce personnage était revêtu qu'il s'agissait bien du roi. Lors donc que Riggo, en costume d'apparat, accompagné d'une garde nombreuse, pénétra dans le monastère, l'homme de Dieu se tenait assis à une certaine distance. Le voyant arriver, dès qu'il put se faire entendre de lui, il s'écria : « Quitte, mon fils, quitte ce que tu portes : ce n'est pas à toi. » Riggo tomba précipitamment à terre, épouvanté d'avoir osé se jouer d'un tel homme ; et tous ceux qui s'étaient rendus avec lui auprès du serviteur de Dieu se jetèrent également contre le sol. Et, s'étant relevés, ils n'osèrent point s'approcher de lui plus avant ; mais, revenus vers leur roi, ils lui racontèrent en tremblant avec quelle promptitude leur feinte avait été déjouée* (D. 14).

Alors Totila vint personnellement trouver l'homme de Dieu ; mais, quand de loin il l'aperçut assis, n'osant s'approcher, il se prosterna jusqu'à terre. Deux ou trois fois l'homme de Dieu lui dit : « Lève-toi ! » ; mais lui n'osait pas se relever en sa présence. Benoît, serviteur du Christ Jésus, daigna s'avancer lui-même vers le roi humilié, le releva, lui reprocha ses actions, et, en quelques paroles, lui prédit tout ce qui devait lui arriver : « Tu as fait beaucoup de mal, lui dit-il, tu en as beaucoup fait ; abstiens-toi enfin de l'iniquité. Oui, tu entreras dans Rome, tu passeras la mer, tu régneras neuf années et tu mourras la dixième. » À ces mots, le roi, terrifié, se retira en se recommandant à ses prières ; et depuis lors, il se montra moins cruel. Peu de temps après, il marcha sur Rome, se dirigea vers la Sicile, et la dixième année de son règne, par le jugement de Dieu tout-puissant, il perdit son royaume et la vie (D. 15).

La réalisation de la prophétie nous importe moins ici que l'attitude étrangement calme du serviteur du Christ Jésus : par deux fois, Riggo d'abord, puis Totila en personne, pénétrant dans le monastère, trouvent Benoît *assis*. Il ne se dirige vers le roi qu'une fois bien affirmée son immunité. Et enfin, il ne prononce des paroles brèves et définitives comme l'arrêt de la Providence que d'un ton impersonnel, dégagé, du ton d'un messager de Dieu. Rien qui sente moins la politique, certes. Niera-t-on pourtant que Benoît, ce jour-là, ait inauguré une influence des moines sur la vie politique ? Il répète ici l'histoire d'Ambroise humiliant l'empereur Théodose, d'autant plus fort sur l'esprit des hommes qu'il est moins compromis dans les affaires de ce monde.

N'imaginons cependant pas, en son esprit, le triomphe qui suit une victoire : si sa vie interfère avec l'histoire de son temps, son intérêt reste ailleurs, et Dieu lui apprend *l'échelle des grandeurs véritables.* Sans doute est-ce pourquoi il nous paraît d'un autre monde. La vision qui lui fut donnée, tout à la fin de sa vie, en est une confirmation.

... L'homme de Dieu Benoît, appliqué aux veilles, devançait l'heure de la prière nocturne : debout à la fenêtre, il invoquait le Dieu tout-puissant. Tout à coup, en pleine nuit, comme il avait les yeux levés vers le ciel, il vit une lumière répandue d'en haut qui dissipait si bien les ténèbres, et qui resplendissait d'un tel éclat, qu'au sein de l'obscurité, son rayonnement surpassait celui du jour. Cette vision fut aussitôt suivie d'un spectacle vraiment prodigieux ; car, ainsi qu'il le raconta lui-même plus tard, le monde tout entier, comme rassemblé sous un seul rayon de soleil, fut présenté devant ses yeux.

Le vénérable Père, pendant qu'il tenait son regard fixé sur cette éblouissante et radieuse lumière, vit l'âme de Germain, évêque de Capoue, enlevée au ciel par les anges dans une sphère de feu. Voulant alors qu'une autre personne fût également témoin d'un si grand miracle, il appela par son nom, à grands cris et par deux ou trois fois, le diacre Servandus. Celui-ci, vivement impressionné par les clameurs insolites d'un tel homme[2], *se hâta de monter, regarda et aperçut encore une petite clarté. Il fut grandement étonné d'un pareil prodige, et l'homme de Dieu lui décrivit par ordre les merveilles qui s'étaient produites. Aussitôt, il envoya dire à Théoprobe, homme vertueux de la bourgade fortifiée du Cassin, de dépêcher, cette nuit même, un messager à Capoue, pour faire prendre des nouvelles de l'évêque Germain, et de les lui transmettre. Cet ordre fut immédiatement exécuté, et l'envoyé trouva le révé-*

rendissime évêque Germain déjà mort. Il prit des informations minutieuses et reconnut que son trépas avait eu lieu au moment même où l'homme de Dieu avait eu connaissance de sa montée au ciel.

Selon un procédé constamment employé par saint Grégoire au cours de sa biographie – c'est lui qui donne au livre son titre de « Dialogues » – le diacre Pierre pose ici la question qui permettra à l'auteur de préciser le sens spirituel de l'événement :

– *Voilà, certes, une chose admirable et profondément stupéfiante*, s'exclame donc Pierre. *Mais vous dites que, devant ses yeux, comme rassemblé sous un seul rayon de soleil, le monde entier lui fut présenté : cela, je ne l'ai jamais expérimenté. Je ne saurais donc conjecturer en quelle manière il se peut que le monde puisse être vu tout entier par un seul homme.*

– *Retiens bien, Pierre, ce que je vais te dire. À l'âme qui voit le Créateur, toute créature semble bien petite. Si peu qu'elle ait entrevu la lumière incréée, tout ce qui est créé lui paraît infime ; parce que la clarté de la vision intérieure augmente la capacité de l'âme et la développe en Dieu au point de la rendre plus vaste que le monde. L'âme du voyant s'élève au-dessus de soi : en effet, lorsqu'elle est ravie au-dessus d'elle-même dans la lumière de Dieu, elle se dilate dans l'intime de son être ; et quand, dans son élévation, elle regarde au-dessous d'elle, elle saisit la petitesse de tout ce que, dans son abaissement, elle ne pouvait comprendre. Ainsi, celui qui a pu admirer le globe de feu et voir aussi les anges s'en retourner au ciel, ne pouvait assurément contempler des phénomènes de cet ordre que dans la lumière de Dieu. Quoi d'étonnant alors qu'il ait vu le monde réuni sous ses yeux, lui qui, dans l'illumination de son esprit, se trouvait hors du monde ? Que le monde ait été ramassé devant ses yeux, ce n'est pas à dire que le ciel et la terre se soient rétrécis ; mais l'âme du voyant était dilatée : ravie en Dieu ; elle pouvait voir sans difficulté tout ce qui est au-dessous de Dieu. Dans cette lumière qui resplendissait aux yeux de son corps, brillait une autre lumière, spirituelle et intérieure, qui, en soulevant les facultés de son âme vers les régions supérieures, leur montrait combien sont petites toutes les choses d'ici-bas* (D. 35).

Ainsi Benoît ne méprise-t-il pas le monde ; il n'a que faire de le diminuer, de le rapetisser : si tout ce qui est de la terre lui semble peu de chose, ce n'est point qu'il ait l'esprit chagrin, mesquin, d'un misanthrope. Au contraire « la clarté de la vision intérieure augmente la capacité de l'âme », et le monde, qui, vu d'en bas, accaparait tout le champ de la vision, change d'échelle et tient si bien dans le creux de la main qu'il n'y a vraiment aucun lieu de le rétrécir encore.

Jouissant d'une telle vision, l'homme de Dieu était bien au sommet de sa trajectoire : elle frise en effet le privilège qui est celui des esprits bienheureux. Favorisés par Dieu en personne de la lumière de gloire qui est leur béatitude éternelle, eux non plus ils ne méritent pas le reproche d'avoir « abandonné le monde » ; ils ont seulement définitivement trouvé ce Dieu que Benoît voulait aimer ici-bas, sans attendre de mourir ; et, de ce fait, ils sont désormais présents à ce monde entier qu'ils voient dans la resplendissante lumière de Dieu.

ÉTAPES DE SA VIE MONASTIQUE

Il n'enseigna pas autrement qu'il vécut... Les étapes de la vie de Benoît après sa vocation sont des plus simples. Ermite au Sacro Speco pendant trois ans, il revient à sa solitude après le bref épisode de la réforme manquée du monastère de Vicovaro. Puis il groupe les disciples, qui affluent sans cesse plus nombreux, en douze « prieurés » dont chacun ne comportait pas plus de douze moines dirigés par un supérieur local. Enfin, devant la persécution insidieuse d'un prêtre des environs, jaloux de son influence, il émigre au Mont-Cassin où il fonde le grand monastère qu'il gouvernera jusqu'à sa mort.

En tout cela, on aurait bien tort de soupçonner la réalisation progressive de quelque grand dessein. Rien, dans cette vie donnée à Dieu, ne ressort d'une initiative de Benoît. Il a quitté Enfide parce que Dieu l'appelait à la solitude. Sur sa route, il trouve un moine qui se nomme Romain ; il n'est pas allé le chercher en son monastère, il ne l'a même pas abordé : c'est Romain qui lui demande où il va, puis l'aidera à réaliser son désir, lui donnant l'habit et lui assurant, pendant des années, un minimum de nourriture, qu'il faisait descendre au bout d'une corde jusqu'à proximité de la grotte où vivait cet étonnant disciple.

Le secret de cette retraite ayant été bien gardé, c'est Dieu qui révèle l'existence de cet ermite à un bon prêtre des environs, puis aux bergers qui le prennent d'abord pour une bête sauvage – l'habit monastique étant alors fait d'une peau de chèvre ou de mouton. Benoît, qui n'avait pas cherché cette publicité, s'y adapte de bonne grâce, et, en échange des vivres que ces gens de plus en plus nombreux lui apportent, il prend souci de leurs âmes et leur parle de ces réalités surnaturelles qui sont toute sa vie. Le voilà donc, sans même qu'il y ait pensé, un apôtre !

Une si sainte vie l'a bientôt rendu célèbre, au dire même de saint Grégoire. Viendront alors les moines de Vicovaro qui, *tous ensemble, le prient avec beaucoup d'insistance de se mettre à leur tête.* Benoît ne s'y trompe pas, et les avertit d'avance qu'ils ne pourraient s'entendre. Mais, malgré sa clairvoyance, il finit par entrer dans leurs vues, entreprend de les mener à Dieu aussi droit que lui-même était accoutumé d'y aller, déjoue par un miracle leur tentative de l'empoisonner – tant la droiture des saints est odieuse, disons même invivable à ceux qui ne peuvent renoncer aux à-peu-près et aux allures tortueuses des âmes attachées à leur égoïsme – et se retire à nouveau dans sa solitude du Sacro Speco *sans différer, le visage calme et l'âme tranquille.*

Pareillement, quand il organisera autour de Subiaco la vie cénobitique – c'est-à-dire la vie commune –, quand il cédera la place à son ennemi sans autre résistance, enfin quand il s'établira au Mont-Cassin, Benoît n'obéit à aucun plan : il cherche plutôt à répondre aux volontés de Dieu à mesure que les événements les lui indiquent.

Il ne tient pas davantage à faire œuvre originale. Son titre, en effet, de « Patriarche des moines d'Occident » ne doit pas nous induire en erreur : en créant ces monastères, il innove fort peu. Déjà l'incident de Vicovaro nous a montré que la vie cénobitique n'était pas inconnue, dans la région même. Sans parler de l'Orient, la Gaule de Clovis comme l'Italie connaissent alors un prodigieux essor du monachisme, et les règles pullulent.

Benoît n'est même pas, dès l'origine, un de ces autodidactes qui retrouvent par leur génie propre ce que l'on enseigne ailleurs. Il ne s'introduit pas dans la grande armée des moines comme une sorte de franc-tireur. Romain lui a donné l'habit, d'une façon peu habituelle il est vrai, puisque, d'après saint Grégoire, ce fut à l'insu de son abbé, mais enfin nous savons assez l'importance et le sérieux que l'on attachait alors à cette vêture – elle valait pratiquement l'actuel engagement religieux par les vœux solennels – pour supposer raisonnablement que Romain ne l'a point fait sans un minimum de préparation, ni sans lui permettre de prendre contact avec la Tradition. De fait, nous voyons bien, à étudier sa Règle, que l'Homme de Dieu possède une remarquable connaissance de la Sainte Écriture et des Pères du désert. On relève dans cet écrit si bref environ trois cents passages scripturaires, et autant de citations patristiques puisées en quelque vingt-cinq auteurs différents ! Faut-il supposer qu'il attendra Vicovaro pour s'initier à tous ces textes ? En tout cas, dès le moment où il fonde ses petits monastères autour de Subiaco, on doit bien estimer qu'il le fait en accord avec la hiérarchie ecclésiastique, car, dès cette époque, l'institution monastique était réglementée, et nul ne pouvait, aux termes d'un canon du concile de Chalcédoine, constituer un monastère sans l'autorisation expresse de l'évêque du lieu. Bien plus, à proximité de Rome comme l'était Subiaco, cette permission relevait du pape en personne.

Rien n'autorise donc à penser que Benoît n'ait point observé cette législation, lui que l'on sent si plein de déférence pour l'Église romaine. Point davantage ne prétendra-t-il instituer un mode de vie vraiment nouveau. Il est peu de traits dans sa Règle qui ne puissent se retrouver en des règles antérieures, dont il s'est plus ou moins visiblement inspiré. Pourquoi s'en priverait-il au reste ? Il n'a aucune prétention d'imposer « ses » idées ; il ne pense pas créer un ordre nouveau. Tout ce qu'il trouve d'excellent chez ses prédécesseurs, il se l'assimile avec la plus entière liberté d'esprit.

C'est qu'il vient en effet après quelque deux cents ans d'expérience monastique. Inaugurée par Paul de Thèbes, figure à demi légendaire du premier ermite, qui serait mort plus que centenaire vers 350, cette forme de vie sainte correspond trop bien au besoin des âmes devant l'affadissement général de la foi qui a suivi la fin des grandes persécutions. Après la conversion de l'empereur Constantin, en 310, l'ère des martyrs trouve

Vie de saint Benoît

une sorte de prolongement dans les renoncements volontaires et l'ascétisme rigoureux des Pères du désert. Parti d'Égypte, dès la fin du IIIe siècle, le mouvement se propage très vite à travers tout l'Empire romain. C'est que les grandes vertus d'Antoine – que nous avons le tort de ne guère connaître qu'à travers l'épisode fabuleux de sa tentation – attirent dans les déserts non seulement une foule de disciples, mais d'illustres visiteurs ou amis. Saint Athanase le fera connaître à Rome lors de son exil, en 340, saint Jérôme à la Palestine, saint Basile à l'Asie Mineure, et Cassien à la Gaule.

Antoine n'avait organisé qu'une vie anachorétique, c'est-à-dire que ses disciples, s'ils habitaient à proximité, menaient pourtant une vie séparée, donc quasi érémitique, seulement garantie contre un trop grand isolement. Le fondateur véritable de la vie commune appelée cénobitique est saint Pacôme, contemporain d'Antoine puisqu'il mourut quelques années avant ce dernier en 349. S'il y a une création originale, c'est bien la sienne. Avec lui, en effet, nous voyons apparaître cet idéal de vie commune qui devient caractère primordial, au point que les autres grandes vertus monastiques, pauvreté, obéissance même, prennent un sens nouveau et s'ordonnent désormais à ce but plus large et plus directement évangélique : manifester à travers une communauté de frères le règne de Dieu qui est Amour.

Saint Benoît a puisé sans compter dans les enseignements de saint Pacôme. Il n'est point jusqu'à la discrétion, dont on a fait souvent, à juste titre d'ailleurs, un des aspects marquants de l'esprit bénédictin, qui ne trouve sa source chez son prédécesseur.

Mais on ne peut toucher à ce point de l'originalité du Patriarche des moines d'Occident sans soulever la grave question de ses rapports avec la Règle du Maître.

On connaissait depuis longtemps les liens étroits qui unissent la RÈGLE DE SAINT BENOÎT et celle de ce fameux

MAÎTRE anonyme, et l'on considérait généralement que, l'authenticité du texte de la Règle de saint Benoît étant bien établie, la Règle du Maître, dont l'origine paraissait bien plus flottante, n'en était qu'une reprise, plus diffuse, et donc évidemment postérieure. Mais, depuis vingt ans, toutes ces pseudo-certitudes ont été fort ébranlées, et l'antériorité de la Règle du Maître semble de plus en plus admise, même par les savants bénédictins.

La critique suit deux pistes convergentes. D'une part, on a soigneusement rapproché les deux textes. Ils concordent étonnamment, dans le sens d'emprunts faits par la Règle de saint Benoît à la Règle du Maître. Tout le prologue en effet, et les chapitres 1, 2, 4 à 7 de la Règle de saint Benoît – c'est-à-dire l'essentiel de la doctrine spirituelle – sont des extraits *littéraux* de la Règle du Maître ; par la suite, la dépendance est moins absolue, mais il n'empêche que, jusqu'au chapitre 66 (sur une règle qui n'en compte que 73), la Règle de saint Benoît continue à s'inspirer visiblement de la Règle du Maître dont elle reprend, sous une forme à la fois plus concise et plus claire, les idées, les citations scripturaires, et jusqu'à certaines expressions caractéristiques. Benoît serait-il donc un plagiaire, ou, tout au plus, un compilateur – si géniale que soit la synthèse de sa Règle par rapport au texte plus diffus de la Règle du Maître ?

Or, d'autre part, tandis que l'édition diplomatique[3] de la Règle du Maître et les études afférentes ont sérieusement augmenté l'autorité de ce texte – dont nous avons des transcriptions qui remontent au VIe siècle, le siècle même de saint Benoît – on a mis en suspicion le texte de la Règle des moines (Règle de saint Benoît) qui, depuis la fin du XIXe siècle, était tenu pour exceptionnellement sûr. Il semble bien en effet qu'il faille renoncer à voir dans le célèbre manuscrit 914 de la bibliothèque de Saint-Gall la pure copie d'une copie authentifiée par Charlemagne et faite directement sur l'autographe – donc sur le texte même de la Règle tel que Benoît ou son scribe l'aurait écrit. En réalité cet autographe a dû périr lors de l'invasion du Cassin par les Lombards, donc très peu de temps après la mort de Benoît (cf. D. 17), et le retour de cet autographe en 742 est à inscrire parmi les légendes créées au VIIIe siècle par les moines de cette abbaye pour en accroître l'autorité morale. Nous ne possédons par conséquent de la Règle de saint Benoît que des transcriptions tardives, puisqu'elles ne remontent pas plus haut que l'an 700. Bien plus, nous n'avons guère d'attestation sérieuse relative à l'existence du texte de la Règle de saint Benoît qu'à partir de 625, près de cent ans après la date supposée de sa composition. Tant et si bien que Dom Froger a pu émettre en 1954 l'hypothèse audacieuse que saint Benoît serait l'auteur non pas de la « Règle de saint Benoît », mais de la « Règle du Maître », qui aurait été ensuite améliorée par un compilateur inconnu mais génial, pour devenir notre « Règle de saint Benoît ».

Il est vrai que Dom Froger n'a point encore publié les arguments dont il prétend appuyer son hypothèse, et qui devront être bien décisifs pour prévaloir contre une tradition unanime au moins depuis le VIIe siècle ; d'autant que, depuis lors, Christine Mohrmann, dont l'avis fait autorité en la matière, a rétabli la valeur du manuscrit de Saint-Gall en montrant que, par sa langue, le texte qu'il avait recopié remontait au VIe siècle, donc à l'époque de notre saint. Ceci laisse donc lieu à une troisième hypothèse, Benoît ayant pu remanier lui-même un premier état de sa Règle (Règle du Maître), qui ne le satisfaisait pas, pour en faire la « Règle de saint Benoît ».

On se trouve donc actuellement devant trois possibilités : ou bien Benoît est l'auteur de la « Règle de saint Benoît » seulement ; dans ce cas est-ce un plagiaire de la « Règle du Maître » ? Ou bien il est l'auteur de la « Règle du Maître » ; mais alors, il faut attribuer à un autre le génie qui a simplifié la « Règle du Maître » en « Règle de saint Benoît ». Ou bien enfin Benoît aurait successivement mis au point l'un et l'autre textes.

La question est extrêmement complexe ; elle ne pourra être entièrement résolue que par la convergence d'enquêtes à la fois paléographiques ou philologiques sur les textes qui nous restent, et historiques aussi pour situer ces deux règles dans le développement du monachisme, en se basant sur l'état de la liturgie ou des institutions monastiques dont chacune d'elles témoigne. Quelque position que l'on prenne en ce débat, on voit bien ce qu'il engage : selon qu'il est l'auteur de la Règle du Maître ou de la Règle de saint Benoît, ou de l'une et l'autre, Benoît paraîtra le précurseur seulement, ou un simple compilateur, ou le génial organisateur du monachisme qui porte son nom.

À vrai dire, on se demande pourtant si ce problème n'est pas spécieux. Nos préjugés individualistes nous font estimer par-dessus tout dans nos grands hommes l'originalité de leur apport. Nous les appelons volontiers des créateurs, voire des demi-dieux, et, de fait, à qui comprend le sens réel de ce mot de « créateur », c'est tout comme. Il n'est pas sûr du tout que Benoît eût accepté de jouer ce personnage, toujours un peu entaché de prométhéisme.

Pour lui, comme pour tous les chrétiens de cette époque, la gloire était de se rattacher à une Révélation qui venait de plus haut qu'eux, qui les porterait plus loin que jamais eux-mêmes n'auraient pu y rêver, qui leur était donc transmise par une Tradition dont ils avaient à être les bons dépositaires, au sens où déjà saint Paul entendait l'être, c'est-à-dire en manifestant dans leur manière de vivre le message évangélique qu'ils avaient reçu. Chacun d'eux, bien entendu, ne pouvait le vivre que de façon personnelle – et rien de plus original que le monachisme d'Antoine, de Pacôme ou de Benoît – mais cet accent nouveau passait à travers eux bien à leur insu : ils n'étaient dans la chaîne de cette Tradition qu'un anneau, et peu leur importait au fond d'être l'anneau antérieur ou postérieur, puisque l'essentiel était d'être dans la chaîne, c'est-à-dire que, pour reprendre l'expression inoubliable de saint Ignace, évêque d'Antioche à la fin du IIe siècle, « le tout était de s'unir avec le Christ pour la vraie vie ».

Que, par conséquent, Benoît se trouve au chaînon « Règle du Maître » ou à celui de la compilation postérieure et plus parfaite (« Règle de saint Benoît ») que tous les moines ont depuis adoptée, ce qui importe, ce qui fait qu'aujourd'hui encore son œuvre est vivante et que saint Benoît reste un Maître spirituel, un vrai Père du monachisme occidental, c'est qu'il a donné par sa vie un élan à la vie cénobitique, tel que le rayonnement s'en puisse transmettre à la fois par ses disciples et par son œuvre écrite. Si cette dernière est la « Règle de saint Benoît », il l'a reprise d'un Maître antérieur. Si c'est Benoît au contraire qui a écrit la Règle du Maître, un autre aura parfait son œuvre en en tirant la Règle de saint Benoît. Mais l'important, c'est que la vie monastique se transmettre, et quiconque a la moindre expérience des âmes comprendra que ce n'est rien d'inventer un idéal, tandis que le difficile est d'amener des hommes à pratiquer cet idéal, surtout quand il exige autant de renoncement que la vocation monastique. « Ce n'est pas la règle qui nous garde, mais nous qui gardons la règle », comme le faisait si bien dire Bernanos à ses carmélites ; les terribles décadences du monachisme au cours des âges ont assez vérifié que la règle, à elle seule, ne suffisait pas, en effet, à convertir notre foncier égoïsme.

Veut-on un autre exemple ? Il est bien clair que les Constitutions de Cîteaux, puis la vigoureuse personnalité de saint Bernard donneront à cette branche de l'arbre bénédictin une originalité remarquable. Devrait-on, pour autant, en dénier la paternité à saint Benoît ? Nous ne sommes pas de ceux qui l'admettraient, certes ! S'il était prouvé que la Règle des moines elle-même est un perfectionnement de l'œuvre de saint Benoît – autrement dit, s'il n'avait écrit que la Règle du Maître – il n'en resterait pas moins le Patriarche commun de tous ceux qui aujourd'hui encore s'inspirent de cette règle à travers sa rédaction nouvelle. Et cela nous permettra de nous appuyer sans scrupule sur les textes de cette Règle des moines.

Saint Grégoire, cette fois encore, est donc allé droit à l'essentiel lorsqu'il caractérise brièvement la Règle de saint Benoît en disant comme le plus grand éloge qu'il puisse en faire : *il n'enseigna pas autrement qu'il ne vécut.* Voilà le secret du rayonnement infini de son influence (D. 36).

Mais cette petite phrase, à son tour, soulève un autre problème. On se rappelle en effet que Benoît fut d'abord ermite, puis cénobite. Or, dans sa Règle, il prévoit que la vie érémitique ne vienne qu'après une longue probation fournie par la vie en communauté.

La contradiction est cependant plus apparente que réelle ; mais à l'examiner de plus près, on mesurera mieux sans doute la portée de l'itinéraire spirituel de saint Benoît. Disons, en effet, que l'Homme de Dieu, loin de renverser les étapes, est amené à les dépasser. Car s'il n'a pas connu la première probation de la vie cénobitique – à moins que l'on ne considère comme telle la brève période où il demeure à Enfide avec sa nourrice, comme nous l'avons vu – la fondation des communautés monastiques de Subiaco et plus tard du

Cassin ne constitue pas un retour pur et simple à cette vie cénobitique. Il s'agit là, en réalité, d'une troisième étape, dont le sens est tout différent de la première.

Saint Grégoire nous le laisse entendre à propos de cette violente tentation contre la chasteté qui fut à deux doigts de le vaincre et dont il ne triompha qu'en se jetant tout nu dans les orties et dans les ronces. *Ainsi, ayant converti la volupté en douleur... par le châtiment d'une bonne brûlure de l'épiderme, il éteignit ce qui brûlait illicitement en son âme. Il triompha donc du péché en changeant la nature de l'incendie ; et à partir de ce moment-là, comme il le confiait lui-même plus tard à ses disciples, les désirs de la chair furent en lui si bien domptés que jamais plus il ne ressentit en soi rien de semblable... – Bientôt après, beaucoup de personnes se mirent à quitter le monde pour venir avec empressement se ranger sous sa conduite. Libéré en effet du tourment de la tentation, il devint à bon droit un maître de vertu.*

Ainsi, Benoît quitte sa solitude, non comme par un simple retour en arrière, mais pour devenir un Maître spirituel. L'itinéraire parallèle de Pacôme est ici particulièrement éclairant. Car c'est une vision (réelle ou imaginée pour les besoins de la cause par son hagiographe, peu importe) qui lui indique la voie nouvelle où il doit s'engager en fondant la forme de vie proprement cénobitique. Or le personnage de lumière qui vient le réconforter lui en indique le motif : « La volonté de Dieu est que tu serves le genre humain pour le réconcilier avec Lui[4]. » Ce que Pacôme, après un étonnement mêlé d'indignation, accepte comme la voix de Dieu, et traduit ainsi : « on lui avait révélé de travailler les âmes humaines afin de les présenter pures à Dieu ».

Nous sommes ici devant un progrès de la vie spirituelle qui semble normal, puisque nous le retrouvons chez beaucoup de mystiques ; il est passé, dans le monachisme oriental, à l'état d'institution (*Staretz* qui, en russe, signifie tout simplement Ancien) ; en Occident, nous voyons le même processus vécu ou reconnu, par exemple chez sainte Thérèse d'Avila ou chez Surin : s'étant d'abord profondément nourrie de Dieu grâce à une recherche exclusive de lui, et donc au prix d'un apparent abandon de toute influence apostolique sur le prochain, l'âme se trouve désormais suffisamment unie à son Dieu pour pouvoir, sans le quitter, rayonner désormais tout à l'entour cette vie dont elle est possédée. C'est, très littéralement, permettre à l'œuvre rédemptrice du Christ de se poursuivre dans le temps à travers ces sacrements vivants que sont devenues de telles âmes. En elles se réalise en effet à la lettre ce que saint Paul nous révèle comme la mission même de Jésus : « Il vous a réconciliés dans son corps de chair, le livrant à la mort – première étape : crucifié au monde (Gal. VI, 14) – pour vous faire paraître devant Lui, saints, sans tache et sans reproche » (Col. I, 22).

Il en est bien ainsi pour saint Benoît, promu, sans qu'il l'ait cherché, au rôle de Maître spirituel, une fois qu'il eut lui-même triomphé de lui-même. Nous en avons une autre preuve dans le calme profond, déjà souligné, avec lequel Benoît accepte l'échec de la réforme de Vicovaro. *L'âme tranquille* – que ce mot est donc plein de sens en pareille circonstance ! – *il revint alors au lieu de sa solitude bien-aimée, et, seul sous le regard du souverain Juge, il habita avec lui-même.*

Attachant visiblement grande importance à cette dernière expression, saint Grégoire répond à la question qui nous brûle les lèvres :

Si le saint, voyant ces hommes (les moines indignes de Vicovaro) *conspirer unanimement contre lui et se conduire d'une façon si différente de la sienne, avait*

Vie de saint Benoît 31

voulu longtemps les maintenir malgré eux sous son autorité, peut-être eût-il excédé ses forces, et fût-il sorti des bornes de la tranquillité, détournant ainsi son esprit de la lumière de la contemplation. En se fatiguant tous les jours à corriger leurs défauts, il aurait moins veillé sur son propre avancement ; et peut-être se serait-il délaissé lui-même, sans les trouver, eux, pour autant. Car chaque fois qu'une préoccupation trop vive nous entraîne hors de nous, nous restons bien nous-mêmes, et pourtant nous ne sommes plus avec nous-mêmes : nous nous perdons de vue, et nous nous répandons dans les choses extérieures. Ainsi, peut-on dire qu'il était avec lui-même, (l'enfant prodigue) *qui s'en alla dans un pays lointain, dissipa la part d'héritage qu'il avait reçue, puis, réduit à se mettre au service d'un habitant du pays, fut employé à garder ses pourceaux ? Il voyait ceux-ci manger des cosses, tandis que lui-même avait faim. Cependant, comme, dans la suite, il se mit à penser aux biens qu'il avait perdus, il est écrit de lui :* « *Revenu à lui-même, il dit : Combien de mercenaires dans la maison de mon père ont du pain en abondance* » (Luc XV, 17). *S'il avait été avec lui-même, d'où serait-il revenu à lui-même ? Par contre, j'ai pu dire que cet homme vénérable* (Benoît) *habitait avec lui-même, puisque, toujours attentif à veiller sur soi, se tenant constamment en présence de son Créateur, s'examinant sans cesse, il ne laissait pas se distraire au-dehors le regard de son âme...* (D. 3).

Une telle attitude reproduit presque textuellement celle que Benoît donnera du disciple parfait, au douzième degré de son chapitre sur l'humilité (cf. le texte de ce chapitre dans l'anthologie). On voit donc qu'il n'a point enseigné autrement qu'il n'a vécu. Car rien n'est plus frappant, à poursuivre la lecture des *Dialogues* sur sa vie, que de voir la constance de ce recueillement en Dieu, à travers toutes les sollicitudes d'un

Père pour ses moines – qui n'étaient pas toujours des petits saints – et fût-ce même au milieu des indignes persécutions qui l'obligèrent à quitter Subiaco, comme dans les heures difficiles où il dut se heurter aux conquérants barbares.

SAGESSE DE SAINT BENOÎT

Le Juste doit être humain (Sap. XII, 19). Voilà donc Benoît promu abbé, père de ses moines. Leur tenue est rien moins que brillante. Les malheurs du temps, d'abord les invasions, qui se sont succédé sans interruption tout au cours du Ve siècle, puis la sanglante reconquête par Bélisaire, général de Justinien – d'ailleurs vite interrompue par une arrivée massive des Francs, en attendant le dur règne de Totila –, toutes ces guerres incessantes, avec leur cortège inévitable de ruines, de dépopulation, de famine et de peste, ont épuisé les esprits autant que les corps. Les moines que nous voyons vivre autour de saint Benoît sont bien des hommes de leur temps. Pour ces quelques *enfants de grande espérance* que sont Maur et Placide, venus tout jeunes encore à Subiaco, pour ce brave Goth si ardent au travail (cf. D. 6), on trouve surtout de pauvres hommes, en proie à toutes sortes de mesquineries.

Ils valent mieux, certes ! que les moines indignes de Vicovaro, mais ils n'en sont pas moins vaniteux, comme celui qui refuse de servir à table l'Homme de Dieu (D. 20), attachés à leur famille (D. 24) ou aux petites satisfactions qu'ils peuvent se procurer à l'extérieur du monastère (D. 12), capables de dérober, le cas échéant, les menus cadeaux dont les gens du dehors croient pouvoir les charger pour leur abbé vénéré de tous dans les environs (D. 18-19). Portés au vin, avec cela, au point que, mi-plaisant mi-plaintif, Benoît s'excuse de ne pouvoir l'interdire dans sa Règle, puisqu'*on ne peut persuader aux moines d'aujourd'hui qu'il soit possible de vivre sans boire du vin* (R. 40). Encore moins saurait-on leur demander cette force d'âme qui, devant la famine menaçante, fait confiance au Seigneur (D. 21), et accepte de se priver de la dernière bouchée de pain – dans la circonstance, il s'agissait d'une jarre d'huile – au profit d'un pauvre passant, comptant que Dieu n'abandonnera pas ses serviteurs. Il vaut d'ailleurs la peine de lire le récit que saint Grégoire nous donne de l'événement :

À l'époque où la disette affligeait cruellement la Campanie, l'homme de Dieu avait distribué à divers nécessiteux toutes les provisions du monastère ; si bien qu'il ne restait presque rien dans le cellier, si ce n'est un peu d'huile dans une jarre. Survint alors un sous-diacre, nommé Agapît, demandant avec insistance qu'on voulût bien lui donner un peu d'huile. Le serviteur de Dieu, qui avait résolu de tout donner sur terre pour tout se réserver dans le ciel, ordonna de remettre au solliciteur le peu d'huile qui restait. Le moine qui avait la charge du cellier entendit bien cet ordre, mais différa de l'exécuter. Et comme, peu de temps après, le Père Benoît s'informait si l'on avait fait ce qu'il avait commandé, le moine répondit que non : parce que s'il avait donné cette huile, il ne serait absolument rien resté pour les frères. Alors, irrité, le bienheureux Benoît enjoignit aux autres de jeter par la fenêtre cette jarre dans laquelle on apercevait un petit reste d'huile, afin que rien ne demeurât dans le monastère par le fait d'une désobéissance. Ainsi fut fait.

Sous la fenêtre, s'ouvrait un grand précipice hérissé de pierres énormes. Lancé de la sorte, le récipient de verre donna contre les rochers mais il resta intact comme si on ne l'eût point jeté ; il semblait que le verre n'avait pu se briser, ni l'huile se répandre. L'homme de Dieu ordonna d'aller reprendre la jarre et la fit remettre telle quelle au sous-diacre. Puis, devant les frères assemblés, il réprimanda le moine désobéissant pour son infidélité et son orgueil.

Sa réprimande terminée, Benoît se mit en prière avec les frères. Dans l'endroit où il priait avec eux, se trouvait un tonneau à huile, vide et couvert. Or, comme le saint prolongeait son oraison, le couvercle du baril commença à se soulever sous la poussée de l'huile qui montait ; puis, après l'avoir déplacé, l'huile, montant toujours, passa par-dessus le bord du récipient, et inonda le pavé du lieu où les frères étaient prosternés. Dès qu'il s'en aperçut, le serviteur de Dieu Benoît acheva sa prière sans tarder, et l'huile cessa de couler par terre. Alors il admonesta avec plus d'insistance le frère qui avait manqué de confiance et désobéi, pour lui apprendre qu'il devait avoir plus de foi et d'humilité. Le frère, touché par cette salutaire correction, se mit à rougir ; car le vénérable Père montrait par des miracles cette vertu du Seigneur tout-puissant qu'il avait affirmée dans son admonition. Et dès lors, il ne fut plus possible à personne de douter des promesses de celui qui, en un seul et même instant, en échange d'une jarre presque vide, avait rendu un tonneau plein d'huile (D. 28-29).

Au regard de ces moines pusillanimes – on le serait à moins, il est vrai – la figure de Benoît paraît véritablement celle d'un homme de Dieu. Inutile de revenir sur la supériorité morale éclatante que nous avons déjà constatée en lui. Elle lui vient de ce que sa vie se situe hors d'atteinte : ni les brutalités de Totila, ni la tentative homicide des mauvais disciples de Vicovaro ne troubleront la tranquillité de cette âme établie en Dieu.

Comment cela : en Dieu ? – Parce que cet homme pratique si bien et si constamment les vertus théologales que sa vie elle-même, si l'on ose dire, est devenue vie théologale, tout entière polarisée par Dieu. Puisque la vocation monastique est de chercher Dieu, autrement dit, puisqu'elle est une vie d'espérance, le moine est donc un homme qui cherche Dieu partout où il se trouve. Et comme, bien entendu, Dieu est partout, un moine doit s'habituer à voir Dieu en toute circonstance ; cette vie n'est pleine d'espérance que dans la mesure où, à chaque instant, elle exerce la foi.

Tel est bien Benoît, homme de Dieu, homme de foi. On peut le constater sans peine dans sa Règle : c'est chez lui un parti pris. À chaque nouvelle question qui se pose, il répond d'abord par un acte de foi. La conduite à tenir en découle immédiatement de façon péremptoire. Ainsi, qu'est-ce qu'un monastère ? Une *école du service du Seigneur.* Donc *la Maison de Dieu.* Donc *tous les biens du monastère eux-mêmes seront considérés comme vases sacrés*, consacrés à Dieu (R. 31). Donc toutes les affaires y seront traitées *honnêtement*, de sorte qu'*en tout, Dieu soit glorifié* (R. 57). Mais dans quelle œuvre rencontre-t-on Dieu plus entièrement ? L'office est œuvre de Dieu (nous aurons à voir en quel sens). Donc *rien ne doit lui être préféré* (R. 43). Ce qui n'est pas dire qu'on trouve moins Dieu ailleurs. Au contraire, *l'abbé, c'est le Christ* (R. 2) ; les hôtes, et surtout les pauvres, c'est le Christ (R. 53), les malades, c'est encore le Christ (R. 36). Ainsi, partout, le moine peut rencontrer le Christ, et c'est la raison pour laquelle saint Benoît demande comme qualité essentielle appropriée aux charges les plus diverses cette foi vive qui, en toute chose, révère Dieu : prieur (R. 65), doyen (R. 21), cellérier (c'est-à-dire économe chargé de tout le temporel d'un monastère) (R. 31), hôtelier

(R. 53), infirmier (R. 36), ou portier (R. 66), qu'il craigne Dieu et il suffit.

Il faut ici entendre l'expression de « craindre Dieu » en son sens biblique, où elle n'est que le reflet de l'amour filial, attentif à toujours « plaire à Dieu seul ». Car cette vie ne trouve la force de se rétablir constamment au niveau surnaturel qui est le sien, par des actes de foi et d'espérance, que dans la mesure où elle est polarisée par la charité, et plus précisément par l'amour du Christ. Ce n'est point par hasard certainement que l'on a parlé du caractère « christocentrique » de la règle. Le moine, en effet, ne rencontre pas seulement le Christ, en tous ceux qu'il aborde. Il doit surtout concevoir toute sa propre vie comme « une participation aux souffrances et à la résurrection du Christ » (R. Prologue, *in fine*), par son obéissance en particulier (R. 5). *Qu'il ne préfère donc rien à l'amour du Christ* (R. 4 et 72). C'est seulement s'il *n'a rien de plus cher que le Christ* (R. 5) qu'il trouvera le courage d'obéir pleinement et de repousser toutes les tentations en les brisant contre ce Rocher (R. Prologue et chap. 4).

On doit s'excuser de multiplier ainsi les références : il faudrait encore en ajouter bien d'autres si l'on prétendait être exhaustif. Celles-ci suffiront peut-être à donner l'impression que toute la vie des moines, telle que Benoît l'organise et la pratique tout ensemble – *il n'enseigna rien qu'il n'ait vécu* –, est vie de foi, d'espérance et de charité. En outre, ces références permettront d'éviter une méprise que la seule lecture des *Dialogues* risquerait de provoquer. Saint Benoît en effet y paraît tellement l'Homme de Dieu, il bénéficie d'une telle claire vue des événements et des hommes qu'on risquerait de l'imaginer davantage comme un prophète que comme un simple croyant, qui doit triompher de l'évidence de ses sens et de sa raison au prix d'un acte de foi souvent héroïque.

Il est bien vrai que l'on ne trouve point trace, dans les *Dialogues*, de tentations contre la foi, que Benoît aurait eu à surmonter comme il le fit des obsessions de l'impureté. Mais n'est-ce point sa vocation elle-même qui constitue cette victoire de la foi, ce parti pris pour Dieu ? La seule différence entre le saint et ses fils réside en ceci que Benoît reste logique avec ce choix, et ne s'en dément jamais. De là seulement vient que sa foi désormais affermie envisage toujours les événements « sub specie æternitatis » – disons plus simplement : du point de vue de Dieu. Il refuse de s'émouvoir devant les fantasmagories du Malin, et tandis que ses moines s'affairent à combattre un simulacre d'incendie, il dissipe l'autosuggestion collective *en recommandant aux frères de faire un signe de croix sur leurs yeux*, ce qui est une bonne preuve, soit dit en passant, qu'il n'était pas si naïf que de croire à une illusion objective créée par le diable (D. 10).

Saint Grégoire donne encore d'autres cas où l'esprit surnaturel de Benoît refuse de se laisser duper par ce qui n'existe qu'en apparence. Mais, à l'inverse, l'Homme de Dieu voit les causes cachées, surnaturelles, de la désobéissance de ses disciples. Point de meilleur exemple que celui du malheureux moine qui ne voulait pas faire oraison :

Dans l'un de ces monastères que Benoît avait construits aux environs, se trouvait un moine qui ne pouvait rester à la prière. Dès que les frères s'étaient recueillis pour s'appliquer à l'oraison, il sortait, et son âme vagabonde s'adonnait aux choses terrestres et transitoires. Son abbé, après l'avoir fort souvent admonesté, le conduisit à l'homme de Dieu, qui, lui aussi, le reprit avec sévérité de sa sottise. Mais une fois de retour, c'est à peine s'il tint compte, pendant deux jours, de cette admonition ; le troisième jour, revenu à sa manie, il se remit à errer au moment de la prière. Le serviteur de Dieu en fut informé par celui qu'il avait établi Père du monastère : « J'y vais, dit-il alors, et je le corrigerai par moi-même. » Lorsqu'il fut arrivé à ce monastère, et quand, à l'heure fixée, après la psalmodie, les frères s'adonnèrent à l'oraison, il remarqua qu'un petit homme noir tirait dehors, par le bord de son vêtement, ce moine incapable de rester à la prière. Prenant alors à l'écart l'abbé Pompeianus et le serviteur de Dieu Maur, il leur demanda : « Ne voyez-vous pas celui qui entraîne ce frère au-dehors ? » – « Non », répondirent-ils. Il leur dit alors : « Prions pour que vous aperceviez, vous aussi, celui que suit ce moine. » Après avoir prié pendant deux jours, Maur le vit, mais Pompeianus n'y parvint pas. Le lendemain, la prière terminée, l'homme de Dieu, étant sorti de l'oratoire, trouva ce frère dehors, et, pour le guérir de l'aveuglement de son cœur, le frappa avec une verge. Depuis ce jour, le moine n'eut rien à souffrir des sollicitations du petit homme noir, mais désormais stable il s'appliqua à la prière ; et ainsi l'antique ennemi, comme s'il eût été lui-même frappé de la verge, n'osa plus tyranniser ses pensées (D. 4 ; cf. D. 25).

On l'a fait remarquer avec humour : « Nous pensons facilement qu'à cette époque on voyait aisément le démon un peu partout : le pauvre abbé Pompeianus, qui désirait tant l'entrevoir, n'eut pourtant point ce bonheur[5]. » Maur lui-même n'y arrive que péniblement, après avoir prié deux jours. Ainsi les réalités du monde spirituel apparaissent-elles seulement à qui sait regarder les événements avec foi : « Bienheureux les cœurs purs, car ils verront Dieu. » Ce n'est peut-être point par hasard si, d'ordinaire, le Malin ne se dévoile ou plutôt n'est dévoilé et contraint de se manifester que tardivement dans la vie des saints !

Quoi d'étonnant dès lors si Benoît a le don de claire vue, s'il découvre les fredaines que ses moines s'effor-

Vie de saint Benoît

cent en vain de lui cacher, et s'il prophétise la destinée de Totila ou du Mont-Cassin ? *Les saints, nous explique saint Grégoire, dans la mesure où ils sont unis au Seigneur, n'ignorent pas les pensées du Seigneur... Leur esprit est uni à Dieu et, dans cette union – par les saintes Écritures ou par des révélations privées quand ils en reçoivent –, ils découvrent ses jugements, les comprennent et les font connaître. Ils ignorent ce que Dieu leur cache et ils savent ce que Dieu leur apprend...* (D. 16).

Il en va de même des miracles que Benoît opère sans même parfois l'avoir cherché, semble-t-il. Ainsi de ces deux méchantes langues de dévotes que l'Homme de Dieu avait menacé d'excommunier si elles ne se corrigeaient pas. Elles meurent, et le tombeau refuse de les garder, manifestant clairement la réalité de cette excommunication. Seule une messe à leur intention permettra qu'elles demeurent désormais en paix dans leur tombe. C'est un chapiteau de Saint-Benoît-sur-Loire qui donne du miracle l'interprétation la plus profonde, la plus chrétienne. Le sculpteur y a représenté sur le côté les deux saintes filles sorties de leur sépulcre. Saint Benoît lève le bras pour les absoudre. Mais entre lui et elles se dresse un Christ, d'ailleurs extrêmement beau et plein d'humanité, qui occupe tout le centre de la grande face du chapiteau. Or, de Benoît et du Christ, il n'y a qu'un seul et même bras, indiquant ainsi combien le miracle est une force du Christ opérant à travers l'homme qui lui est suffisamment uni. On ne saurait mieux symboliser le secret du pouvoir de Benoît.

Telle est donc la grandeur de cet homme de Dieu. À ce point sublime que nous risquons de nous en faire une idée parfaitement fausse. Car nous imaginons trop facilement que les saints planent dans un monde éthéré, inaccessible à l'humanité moyenne ; ce qui est décourageant. Ou bien, par excès inverse, nous décrétons que pareille perfection est impossible, et nous nous acharnons à monter en épingle quelques menues imperfections dont les plus grands saints n'ont pas été exempts ; mais c'est une duperie. De Benoît nous savons au moins qu'il a été violemment tenté d'impureté. Mais c'est pour apprendre qu'il en a triomphé par un acte héroïque. Rien n'empêche de penser que saint Grégoire n'a voulu conserver de cette vie que les traits édifiants. Mais c'est une conjecture gratuite.

Alors qu'une remarque s'impose, dont l'importance ne saurait être exagérée : cet homme si saint, si constamment surnaturel, ne semble aucunement surpris, choqué, découragé, par les indignités dont il est le témoin et parfois la victime. Vraiment, il semble que rien ne saurait l'étonner, de personne. Il accepte comme un fait la tentative d'assassinat des moines de Vicovaro. Plus tard, le prêtre Florentius, jaloux de ses succès, le calomniera d'abord, puis tentera de l'empoisonner – un corbeau apprivoisé emportera le morceau de pain vénéneux ; d'où le petit corbeau qui figure parmi les attributs iconographiques traditionnels de notre saint –, enfin, ne sachant plus qu'inventer, le malheureux prêtre ne trouvera rien de mieux que d'envoyer sept courtisanes danser dans le jardin du monastère. Que fait Benoît ? Cette fois encore, il n'a pas un mot de plainte. Il se contente de céder la place et d'émigrer au Cassin. Bien mieux, à peine est-il sur le chemin qu'un accident punit de mort son persécuteur. Maur, le disciple préféré du saint, le lui annonce, sans dissimuler des sentiments trop naturels : *À ces mots, le serviteur de Dieu se prit à gémir profondément, et parce que son ennemi avait succombé, et parce que son disciple s'était réjoui de cette mort. Aussi infligea-t-il une pénitence à ce frère pour avoir osé manifester de la joie en lui annonçant la fin de son persécuteur* (D. 8).

Pareillement avec ses disciples : il est justement sévère, parfois, pour blâmer leur inconduite ou leur peu d'esprit surnaturel ; et il les reprend avec une véhémence affligée. Mais cette exigence d'une grande âme s'allie avec la plus grande compréhension des limites du possible. On l'a fait remarquer avec pertinence : rien de plus caractéristique à cet égard que le double visage de sa Règle [6]. Dans sa brièveté, elle comporte des préceptes si élevés qu'elle a été au cours des siècles une école de la plus haute sainteté. Nous aurons l'occasion d'y revenir au cours de la seconde partie. Mais d'autre part, saint Benoît avoue explicitement que *c'est une toute petite règle, écrite pour les débutants... en l'observant* on fera tout juste *preuve d'une certaine dignité de mœurs et d'un commencement de vie monastique* (R. 73).

Faut-il seulement voir là pure formule, clause de style et simple humilité de commande ? Mais toute la Règle proclame ce que son auteur déclare ainsi, sans ambages. Par exemple, dans le même chapitre 4, les pratiques de la vertu la plus achevée et la plus constante font suite à des injonctions aussi élémentaires que : *Ne point tuer ; ne point commettre l'adultère ; ne point voler, dire la vérité*, etc. Et, comme si le contraste n'était pas encore assez saisissant, saint Benoît ajoute, de la même encre, aussitôt après ces rappels de catéchisme : *Honorer tous les hommes.*

Précepte remarquable ! Il nous donne la clef de la surnaturelle sagesse de l'Homme de Dieu. Comme Jésus lui-même, Benoît, son disciple, « sait ce qu'il y a dans l'homme » (Jean II, 24-25), et que n'importe qui reste toujours capable de n'importe quoi. Mais aussi, comme Jésus encore, Benoît aime tous les hommes, et, parce qu'il les aime, il les *honore*. Il sait en particulier que les tempéraments sont divers (R. 2) tout autant que la résistance ou les besoins physiques (R. 39). Plus encore, les voies de chaque âme sont différentes, et il ne faut pas aller plus vite que le Saint-Esprit. Aussi, dans toutes ses dispositions le saint garde une règle d'or : *Imitant donc l'exemple* (de Jacob)... *de la discrétion, cette mère des vertus, qu'il tempère tellement toutes choses que les forts désirent faire davantage et que les faibles ne se dérobent pas* (R. 64). On pourra lire tout ce chapitre sur le gouvernement de l'abbé, reprendre ensuite le chapitre 2 qui est sur le même sujet, et toute la Règle, si l'on veut : il apparaîtra clairement que ce grand principe la dirige toute, ou plus exactement qu'il sert de critère pour appliquer sainement toutes les vues surnaturelles – et de ce fait très au-dessus des forces humaines – qui règlent l'existence monastique.

Autrement dit, ce n'est point tellement saint Benoît qui doit être tenu pour inaccessible. En toute vérité, et d'une façon absolue, c'est la vie chrétienne qui nous dépasse, par définition ; car sur-naturel ou inaccessible par les seules forces humaines, c'est tout un. Nous ne pouvons mener une telle vie que par grâce, et sous l'emprise directe du Saint-Esprit en Personne. Toute spiritualité chrétienne authentique devra tenir compte de ces deux éléments : il faut tout à la fois ne rien retrancher des exigences surnaturelles, qui, seules, font cette vie *divine*, mais aussi tenir compte de cette nécessité absolue de l'aide du Saint-Esprit, et donc respecter la lenteur, les délais, voire les reculs d'une âme que Dieu travaille à sa guise (c'est-à-dire en tenant compte, Lui aussi, de la lourdeur de cette matière, et des résistances de cette liberté qu'Il a créée).

Il ne faut donc pas s'étonner si, dans sa conduite comme dans les dispositions de sa Règle, l'Homme de Dieu, pareillement, témoigne simultanément d'une si ferme intransigeance, tempérée de tant de discrétion : en cela – je veux dire précisément en cette alliance – réside la sainteté. Son biographe l'avait bien vu, qui déjà caractérise sa Règle comme remarquable surtout par sa discrétion et la clarté de son langage (D. 36).

Car c'est bien la sagesse de Benoît, on dirait presque son humanisme si le mot ne prêtait à confusion. S'il respecte en effet les hommes et leurs natures, voire même leurs tempéraments divers et jusqu'à leurs incompréhensions, ce n'est point par une admiration sans bornes, inconditionnée, de la nature humaine. La foi, ici, est première, et donc la croyance en une vocation plus haute de l'homme. Loin que l'humanisme soit une base de départ que la grâce viendrait tardivement achever, tout se construit sur la foi, le respect de la nature étant dès lors une condition nécessaire de l'accomplissement de la vie divine en nos âmes.

Rien de plus traditionnel que cette façon de concevoir, et de vivre surtout, la difficile harmonie de la nature et de la grâce. Elle restera de règle pendant quelque huit siècles encore, avant que l'ordre des termes ne soit inversé, non sans détriment pour la grâce et même pour la nature. Mais la Sagesse, pour un chrétien, c'est la connaissance de Dieu et de soi-même. De Dieu d'abord !

Tout cela, qui semble si compliqué peut-être, se rejoint et se pratique dans une vertu particulièrement chère à saint Benoît : l'humilité. S'il en a fait le fondement de toute sa spiritualité, c'est qu'elle n'est pas pour lui cette recherche, souvent bien artificielle, de l'humiliation. Pour lui, il s'agit d'une attitude d'âme, faite d'abord et avant tout du sentiment de la présence, de la grandeur, et de l'amour de Dieu sans cesse en quête de sa créature ; mise en présence qui exige une « remise en place » de cette créature, si portée à s'infatuer d'elle-même comme si elle n'était pas créée. Déjà saint Paul : « Qu'as-tu que tu ne l'aies reçu ? Et alors, pourquoi t'en glorifier puisque tu l'as reçu ? » (Voir plus loin le chapitre 7 de la Règle, sur l'humilité, donné *in extenso*.)

À qui veut se rendre familier de la pensée et de l'âme de saint Benoît, l'humilité, cette forme-là de l'humilité, paraît bientôt la note caractéristique, continuelle, qui nous le rend si proche, si bon et compréhensif, sans diminuer en rien la transcendance de sa sainteté. Entre tant d'autres, en voici deux exemples ; dans sa Règle d'abord : il a longuement, minutieusement, lui, l'homme d'envergure qui voit toujours grand et très général, précisé l'ordre des psaumes à l'office. Dans le moment même où il termine, il ajoute, du même ton : *Avant tout cependant nous tenons à le dire : si quelqu'un ne goûte pas cette distribution, qu'il en adopte une autre qu'il jugera meilleure.* Quelle liberté d'âme !

Sa vie ne témoigne pas d'autre chose. Cette fois-là, il rentrait du travail des champs – indice précieux qu'il menait bien la vie commune. À la porte du monastère, un père l'attendait qui réclame la résurrection de son fils, aussi véhémentement que la veuve de Sarepta auprès du prophète Élie (I Rois XVII, 17 et suiv.). Rien n'est beau comme l'épouvante qui saisit alors l'humble serviteur de Dieu Benoît : « *Retirez-vous mes frères, retirez-vous, dit-il aux moines qui l'accompagnaient ; de pareilles œuvres ne sont pas pour nous, mais pour les saints Apôtres ! Pourquoi vouloir nous imposer des fardeaux que nous ne saurions porter ?* » Ému pourtant par les larmes et la foi du pauvre homme, il se met en prière. « *Seigneur, supplia-t-il, ne considérez pas mes péchés, mais la foi de cet homme qui demande la résurrection de son fils, et rendez à ce petit être l'âme que vous en avez retirée* » (D. 32). Ainsi, dans le moment même où sa charité triomphe de son humilité, celle-ci prend sa revanche, et donne le ton d'une prière, si proche à la fois de celles de la Bible et des oraisons de la liturgie. Mais pourquoi opposer ces deux vertus ? Il n'est si charitable, si bon, si humain, que parce que son humilité le tient constamment en présence et dans l'union de ce Dieu qui aime les humbles et se communique à eux.

MORT ET SURVIE

Sa mémoire est source de bénédiction (Eccli. XLV, 1). La mort d'un tel homme devait être une apothéose. De fait, en prévoyant le jour, il fait à l'avance ouvrir son tombeau ; n'imaginons point que ce puisse être sous l'empire de ce morbide attrait pour les images macabres, où se complaira le Moyen Âge finissant : tout au contraire, épuisé par six jours de fièvre, il se fait porter dans l'oratoire par ses disciples, reçoit la communion en viatique et, s'appuyant sur les bras de ses disciples, il meurt, debout, mains levées vers le ciel, continuant ainsi la prière ininterrompue qui avait été la sienne durant toute sa vie terrestre, jusqu'au moment où la mort vient le confirmer à tout jamais dans cette union à Dieu. Quoi d'étonnant, par conséquent, si deux des frères absents eurent séparément la vision de cette assomption triomphale sous la forme d'un chemin si bien aplani qu'il était recouvert d'un tapis ? L'Homme de Dieu avait trop constamment établi son existence temporelle en continuité avec les réalités éternelles pour qu'il eût à concevoir la mort comme un hiatus, et l'accession au ciel comme une effrayante nouveauté. Tant il est vrai que notre mort révèle seulement à notre vie son dernier visage.

Benoît disparu, le monastère du Cassin tente vite les Barbares. Du vivant même de saint Grégoire, il est déjà dévasté, et ses moines ont dû s'enfuir en toute hâte, dans la nuit, afin de sauver au moins leurs vies. Tout cela avait été prédit (D. 17) ; mais il est sans doute plus instructif encore de remarquer cette dernière preuve de l'autorité morale de notre saint sur ses contemporains, fussent-ils des envahisseurs lombards : tant qu'il avait vécu, les nouveaux maîtres s'étaient bornés à quelques prudentes incursions, stoppées au seul aspect de saint Benoît (cf. *supra*, p. 14-16) ; ce rempart écroulé, qui les arrêterait désormais ? Le Cassin ruiné va rester un désert pendant un siècle.

C'est alors qu'il faut situer l'enlèvement des reliques, laissées à l'abandon, par l'audacieuse initiative de Mommole, abbé du monastère de Fleury-sur-Loire, à quelque trente kilomètres en amont d'Orléans. Une expédition dirigée par le moine Aigulphe – du coup on en fit un saint – fut chargée par cet abbé d'aller chercher les ossements du Patriarche des moines et de sa sœur Scholastique, ensevelie avec lui. Embelli de légendes édifiantes dans le goût du temps, le récit de cet enlèvement semble pourtant être, dans son fonds, la relation d'un fait authentique, qu'il faudrait situer soit en 703, soit, plus probablement, en 673. On doit bien accepter les témoignages convergents qui en sont parvenus jusqu'à nous ; ils n'émanent pas tous en effet de l'abbaye de Fleury, trop intéressée, on le conçoit, à posséder d'aussi vénérables reliques ; deux manuscrits allemands du VIIIe siècle, en particulier, semblent difficilement récusables, et ne peuvent être annulés par la tradition du Mont-Cassin – elle-même tout aussi intéressée à soutenir que le corps de saint Benoît repose toujours en sa première sépulture –, d'autant que cette dernière tradition n'est point primitive (au IXe siècle, Paul Diacre, moine du Cassin pourtant, a reconnu le fait de l'enlèvement), et ne remonte qu'à ce XIe siècle durant lequel, nous en avons maintenant la preuve, un faussaire de génie sévit en ce monastère. Bref, depuis Mabillon, tous les savants se sont peu à peu ralliés à la thèse de la présence des reliques au monastère de Fleury, dénommé depuis lors Saint-Benoît-sur-Loire.

Faut-il ajouter que cette question ne risque plus guère de nous empêcher aujourd'hui de dormir ? La vénération des reliques, après avoir constitué l'un des aspects les plus populaires de la piété au Moyen Âge, a bien perdu de son attrait depuis lors. On peut le regretter, s'il est vrai que cette dévotion indiquait une croyance en la résurrection des corps plus ferme, plus concrète et peut-être plus vraie, même sous les déguisements de l'imagination populaire, que notre spiritualité un peu trop aseptique. Mais il ne faut point désespérer ! Dans notre époque si fortement tentée par le matérialisme, peut-être les chrétiens comprendront-ils un beau jour que les aspirations éthérées du « spiritualisme » sont presque aussi insatisfaisantes à l'homme et tout autant opposées au sain réalisme de notre religion que l'athéisme pur (Pascal déjà l'avait noté, au siècle même de Descartes) ; dès lors, on remettra en valeur l'importance extrême que le christianisme attache à nos corps, temples de l'Esprit divin, appelés à une vie glorieuse, éternelle. Alors on s'apercevra que le renouveau des pèlerinages, si frappant de nos jours, relève du même attachement charnel aux lieux que sanctifia une présence sainte. Quand bien même le transfert des reliques de saint Benoît en Gaule ne nous aurait valu rien d'autre que d'ajouter un troisième point du globe où vit encore le souvenir de l'Homme de Dieu, croit-on que ce serait peu de chose ? Il n'est pas si commode aux Français d'aller au Cassin ou bien à Subiaco. Fleury-sur-Loire est à leur porte.

À vrai dire, l'âme de saint Benoît nous reste heureusement présente en bien d'autres points de notre terre. Ne serait-ce d'abord que par ces innombrables églises romanes, semées à travers tous les pays d'Europe. Si cet art, enfin reconnu après des siècles de mépris, nous emplit d'une si religieuse paix, c'est qu'il exprime une spiritualité vécue dans les monastères où il trouva son origine et son essor. En ce cas plus que dans tous les autres, le style, c'est l'homme, c'est l'âme claire et paisible de Benoît continuant à vivre en ses fils à travers les siècles [7].

Sous une forme plus portative, la présence du Patriarche des moines reste également active. La médaille dite de saint Benoît ne remonte probablement point jusqu'à lui, encore qu'elle soit assez dans sa manière. La première mention historique nous en est faite au XIe siècle seulement, à propos de la guérison miraculeuse de Brunon, plus tard moine et pape ; quant à la première description précise, elle date de 1647, où une affaire de sorcellerie se heurta vainement à cette médaille, sans pouvoir atteindre l'abbaye que son effigie protégeait de toute atteinte diabolique. Tout cela, naturellement, n'est point affaire de foi. Mais en tout cas, la médaille, par son esprit comme par sa destination, relève bien de la spiritualité bénédictine.

Son sens en est défini par les lettres gravées sur son revers. Quelle que soit en effet la représentation de saint Benoît inscrite sur la face – différente selon l'époque et l'endroit où la médaille fut frappée – on peut toujours lire, sur le verso, un étrange rébus dont voici la signification :

Dans les quatre angles de la croix : C. S. P. B. = *Crux Sancti Patris Benedicti* (Croix du saint Père Benoît).

Sur la branche verticale de la croix : C. S. S. M. L. = *Crux Sacra Sit Mihi Lux* (Que la croix sacrée soit ma lumière).

Sur la branche horizontale : N. D. S. M. D. = *Non Draco Sit Mihi Dux* (Que le dragon ne soit pas mon chef).

Sur le pourtour : V. R. S. N. S. M. V. S. M. Q. L. I. V. B. = *Vade Retro Satanas, Numquam Suade Mihi Vana ; Sunt Mala Quae Libas, Ipse Venena Bibas* (Retire-toi Satan, Ne me conseille jamais ce qui n'est que vanité ; Il est mauvais le breuvage que tu verses, Bois toi-même tes poisons).

Surprenant message qui étonnera plus d'un lecteur : est-ce donc là cette paix bénédictine tant vantée ? Qui donc éprouverait d'ailleurs à présent de l'angoisse à l'idée qu'il se bat réellement contre Satan ? Tel est pourtant l'un des aspects essentiels d'une spiritualité qui n'est pas seulement celle de saint Benoît, mais de tous les Pères du désert, et de saint Paul lui-même qui, le premier, nous parle d'un dur combat contre le Prince de ce monde. Est-il d'ailleurs tellement inattendu que la paix soit le prix d'une lutte sans concession ? La sagesse des nations nous l'enseigne autant que l'existence du Patriarche des moines : la véritable paix ne résulte jamais d'une démission ou d'une fuite devant nos responsabilités ; elle s'achète au prix d'un choix. Que l'on prenne avec saint Augustin l'image des deux Cités, ou avec saint Ignace celle des deux étendards, c'est toujours, plus simplement, l'option fondamentale entre Dieu et Satan.

L'illusion serait pourtant d'imaginer que l'on puisse prendre parti une fois pour toutes, en entrant au monastère par exemple. Ainsi pensent naïvement tous ceux qui voient dans cette décision la fin du combat et l'établissement dans une paix désormais inaltérable. Que l'on en félicite les moines ou qu'on le leur reproche comme une trahison, et comme l'acquisition à trop bon compte d'une félicité sans ombre, au prix d'un abandon du reste du monde, c'est la même erreur. Quiconque, au contraire, se jette résolument à la poursuite des réalités surnaturelles, doit bientôt sentir s'affronter en lui Dieu et le diable. Tout engagement pour Dieu entraîne ainsi la nécessité de s'armer contre l'ange déchu. Cela est bien visible dès le premier engagement chrétien, que sanctionne le sacrement du baptême : la renonciation à Satan y va de pair avec l'enrôlement dans l'Église. Il n'en est point autrement dans le cas de la vie monastique, et c'est dans un pareil contexte qu'il faut comprendre les exorcismes gravés sur une médaille qui n'est point destinée seulement aux moines, mais à tous les fidèles : ces initiales sont le constant rappel du choix que nous avons fait ; en présence de l'ennemi, elles constituent notre meilleure arme, car la force de Satan lui vient seulement de nos hésitations et de notre lâcheté.

Une vie évangélique

LA COMMUNAUTÉ FRATERNELLE

La plus forte espèce de moines... Le propos de saint Benoît dans sa Règle est parfaitement défini : *Avec l'aide du Seigneur,* dit-il, *venons-en à organiser l'état des cénobites (la plus forte espèce de moines), c'est-à-dire de ceux qui vivent en commun dans un monastère, et combattent sous une règle et un abbé* (R. 1). Expressions toutes simples, mais cachant en réalité à peu près autant de difficultés que de mots : est-il seulement possible d'allier la vie en commun avec la solitude nécessaire à la vie spirituelle ? La stabilité dans *un* monastère avec l'union désirable entre *les* monastères ? Le combat de l'ascèse avec la paix de l'âme ? L'obéissance à la règle avec la liberté spirituelle ? Enfin le gouvernement paternel d'un abbé avec le mûrissement de la personnalité des moines ?

Ainsi jugerait facilement du dehors une intelligence qui va toujours à l'absolu ; elle rend de ce fait incompatibles les différents aspects d'une vie qui, pour être digne de ce nom, doit pourtant arriver à les composer. C'est alors qu'entre en jeu, d'ordinaire, la prudence humaine, qui espère apaiser les conflits en multipliant seulement les compromis. Saint Benoît ignore pareillement ces intransigeances et ces démissions. Uni, comme nous l'avons vu, à ce Dieu en qui tout se rassemble et s'accorde, il sait que les apparentes antinomies de la vie religieuse ne sont telles que dans la mesure où le moine entreprendrait de les affronter seul, et par trop humainement. Ce sera précisément le travail (le combat) de sa vie entière que de s'approcher du Centre, de façon à comprendre toujours plus profondément et plus intégralement l'inconsistance de ces apories. Aussi, comme l'avait bien vu Chesterton, parlant plus généralement de la vie chrétienne, c'est en menant simultanément chacune de ces composantes de sa vocation – en apparence contradictoires entre elles – jusqu'au bout de leurs exigences, que le moine s'étonnera de les voir se résoudre en une harmonie insoupçonnée, mais dont les grands saints nous donnent un aperçu, et saint Benoît tout le premier.

La vie en commun

La vie en commun constitue donc la donnée primordiale du cénobitisme. Elle est d'abord une garantie mutuelle, chacun des moines pouvant ainsi être épaulé par la présence et l'aide spirituelle de ses frères dans le dur combat qu'il devra mener non seulement contre le diable, mais encore contre lui-même, contre ses propres vices ou contre les illusions dont nous sommes toujours prêts à couvrir comme d'un beau prétexte notre lâcheté. En outre, la communauté permet plus facilement d'exercer des vertus aussi indispensables que la charité et l'obéissance mutuelles.

Ce dernier motif est déjà plus central, en ce qu'il touche à l'imitation de Jésus, ou, pour mieux dire, parce qu'il nous permet de participer à sa Passion rédemptrice. Saint Paul – dans le texte aux Philippiens devenu le refrain de la liturgie durant la semaine sainte – invitait

Une vie évangélique

ainsi tous les fidèles à se faire obéissants jusqu'à la mort, à l'image du Christ. Quand saint Benoît présente donc à son tour l'obéissance comme la voie de notre Rédemption (Prologue, début), et de notre assimilation à la Passion (Prologue, finale), en faisant de la sorte l'alpha et l'oméga de son appel à la vie monastique, il montre ainsi clairement le caractère évangélique de la vie qu'il entreprend de régler.

Or c'est justement par la communauté de vie – manifestée en particulier par l'absence de toute propriété, y compris sur leur corps même (R. 58) – que les moines seront plus indiscutablement les disciples du Seigneur. N'a-t-il point dit en effet que l'on reconnaîtrait ses fidèles à ce signe qu'ils s'aimeraient les uns les autres ? De fait, après son Ascension, les premiers chrétiens mirent d'abord tout en commun. Si, rapidement, l'extension de l'Église contraignit les Apôtres à rendre moins stricte cette communauté, il devint d'autant plus nécessaire que de petits groupes de fidèles mènent cette vie commune, et donnent ce témoignage qui n'est pas moins urgent aujourd'hui qu'au IVe ou au VIe siècle.

Mais l'amour qui unit chaque âme à son Seigneur, s'il se réalise en Église, n'en doit pas moins garder un caractère tout personnel. C'est pour répondre à cette exigence que les premiers moines allèrent chercher au désert premièrement la solitude la plus absolue. En aucun cas, pareil besoin spirituel ne saurait être éliminé, et l'on ne s'étonne pas qu'en un temps où le peuple chrétien redécouvre si heureusement le sens de la communauté chrétienne – dans la vie liturgique autant que dans l'apostolat – de nombreuses âmes éprouvent comme une impression d'étouffement sous le coup de l'inspiration divine qui les presse « d'aller au désert afin que le bien-aimé puisse leur parler au cœur » (Osée II, 14). Comment faire face à cet appel intime dans la vie cénobitique, où les moines sont à longueur de journée au contact les uns des autres ?

Saint Benoît prévoit d'abord une solution progressive : une fois bien aguerri (pour la lutte singulière avec Satan), et suffisamment affermi dans la pratique des vertus évangéliques, le moine pourra, après cet apprentissage, mener une vie proprement érémitique. Nous avons un frappant exemple de cette progression, et quasi contemporain, dans la vie du Père de Foucauld : d'abord trappiste à Notre-Dame-des-Neiges puis dans la fondation d'Akbès, il ne devint l'ermite de Palestine, de Beni-Abbès puis de Tamanrasset qu'après une longue probation, et avec l'autorisation de ses supérieurs.

Une telle séparation en deux étapes successives reviendrait pourtant, dans la quasi-totalité des existences monastiques, à reculer durant de longues années – et parfois indéfiniment – la vie d'intimité avec le Christ. Aussi la Règle insiste-t-elle sur une observance qui seule permettra d'introduire la solitude au cœur même de la vie commune. Il s'agit, on l'a déjà deviné, du silence, que saint Benoît promeut au rang de vertu cardinale, en insérant son chapitre sur ce sujet entre l'obéissance et l'humilité, dont il fait le solide fondement de la spiritualité de ses moines.

On peut bien, en effet, imaginer toutes sortes de manières d'allier la solitude nécessaire avec la communauté de vie. Au cours des âges, différentes formules ont été instaurées. Les Chartreux ont réduit au maximum les occasions de réunion commune ; les Camaldules préfèrent la juxtaposition d'une vie proprement cénobitique, mais laissant ouverte la possibilité temporaire ou définitive de passer à une vie érémitique ; les Bénédictins, eux, dans l'ensemble, ont introduit, à l'intérieur de la vie commune, une possibilité de solitude partielle par l'attribution d'une cellule à chacun. Seuls les Cisterciens connaissent une vie intégralement en

Une vie évangélique 55

commun, dans le travail comme dans l'étude, au dortoir comme au réfectoire. Ce en quoi ils suivent sans aucun doute la Règle de saint Benoît plus à la lettre, celui-ci ayant en effet prévu pour ses moines qu'ils dormiraient par groupes de dix ou de vingt, conformément à une tendance à intensifier la communauté de vie, d'ailleurs assez générale dans le monachisme occidental du VIe siècle. Mais il est significatif que l'expérience de la solitude ait trouvé en notre siècle son expression la plus vive et la plus évidemment authentique dans les écrits d'un trappiste américain [8]. Démonstration indubitable, s'il en était vraiment besoin, que la véritable et crucifiante intimité de l'âme avec son Dieu n'a point à se trouver aux dépens de la vie commune, mais bien plutôt par un approfondissement que l'Esprit saint peut seul opérer, dans quelque situation que se trouve le chrétien ou le moine.

La stabilité dans un monastère

La stabilité dans un monastère est un point qui tient particulièrement à cœur à saint Benoît. Il réagit en effet vigoureusement par là contre l'abus qui, en son temps, permettait aux moines de circuler d'un monastère à l'autre sous prétexte de rechercher une observance idéale. En fait, à passer un peu partout sans se fixer nulle part, ces vagabonds spirituels, que saint Benoît appelle des « gyrovagues », pouvaient surtout profiter des avantages de l'hospitalité monastique sans trop avoir à souffrir d'une discipline, dont la difficulté et la valeur viennent justement de ce qu'elle est permanente et inéluctable.

Pour couper court à tous ces beaux prétextes, la Règle précise que *l'atelier où nous devons travailler diligemment notre âme* en utilisant tous les instruments des bonnes œuvres, *c'est le cloître du monastère et la sta-*

bilité dans la communauté (R. 4). Cloître ici veut dire clôture, et l'on sait bien que, au sentiment et à l'expérience de saint Benoît, *il n'est pas du tout avantageux aux âmes des moines de se répandre au-dehors* (R. 66). Mais la Règle institue par là beaucoup plus qu'un utile garde-fou : en prescrivant par ailleurs comme premier vœu au moine qui fait sa profession monastique de s'engager à garder la stabilité, saint Benoît l'agrège positivement à une communauté donnée. C'est donc toute cette société qui se trouve davantage stabilisée.

On comprendra mieux combien ce vœu marque profondément la spiritualité et la vie monastique en faisant la comparaison avec les ordres religieux plus modernes, où l'on fait simplement promesse de pauvreté, chasteté et obéissance. Tous ces ordres sont à l'ordinaire centralisés, et leurs membres sont envoyés dans l'une ou l'autre maison de la « province » – c'est-à-dire du groupement plus vaste dont chacune de ces maisons dépend étroitement – au gré du supérieur général, et pour le plus grand bien de l'ordre tout entier. Une telle disponibilité introduit beaucoup de souplesse, et permet de grouper plus utilement les religieux, sans aucun doute. Elle est très nécessaire aux grandes œuvres à quoi ces ordres sont destinés.

Tandis qu'il n'y a d'ordre bénédictin que par une fiction juridique. Justement parce que les moines ne se rattachent point directement à un supérieur central, mais font profession pour tel monastère, à l'exclusion de tout autre, ils en restent solidaires, et nul ne pourrait les contraindre à changer de maison [9]. La seule unité réelle est donc le monastère. D'y vivre tous ensemble, pour toujours, donne aux relations mutuelles un caractère très particulier que nous reverrons plus à loisir à propos du gouvernement abbatial.

Mais aussi, il faut bien l'avouer, la stabilité ne va point sans revers : si nombreuse que soit une communauté, son effectif reste toujours limité, et les forces qu'elle peut mettre en ligne sont vite dépassées par toute œuvre d'envergure. Comme elle admet ses membres non pas sur la présentation de tel brevet de compétence technique, mais en se basant essentiellement sur l'authenticité d'une vocation spirituelle, il se trouve que, parmi ses membres, il y aura un échantillonnage de capacités variées ; mais rarement le groupement sera possible dans un sens bien déterminé. Cette diversité n'est point sans charme ; elle permet à chaque monastère de constituer un petit monde plus équilibré ; elle ne comporte pas de trop lourdes conséquences non plus dans la mesure où la vie monastique n'est pas strictement orientée à une œuvre bien définie.

Il n'empêche que ce morcellement en maisons nettement séparées ne va pas sans difficulté, ne fût-ce que lorsqu'il s'agit pour chacune de fournir le corps professoral nécessaire aux études des jeunes religieux qui se préparent au sacerdoce (il est vrai que saint Benoît n'avait pas envisagé ce problème, la plupart des moines n'ayant point, à ses yeux, à devenir prêtres). Qui plus est, un tel morcellement favorise les décadences, toujours plus graves et difficilement remédiables en milieu fermé. Aussi, périodiquement, au cours de l'histoire monastique, on a vu les monastères se grouper, généralement à l'occasion d'une réforme. Ces fédérations ont été de types bien divers. La plus célèbre était en fait une centralisation du pouvoir abbatial entre les mains des abbés de Cluny, sans que l'autonomie des différents monastères en fût d'ailleurs excessivement diminuée. Cîteaux préféra une dépendance entre les filiales et leur abbaye mère qui semble plus normale. À présent, les monastères bénédictins sont groupés en quatorze congrégations différentes, mais qui laissent encore subsister bien des particularités et assurent, sous un contrôle très général et discret, l'autonomie pratique de chaque abbaye. En somme, il s'agit d'un groupement de type fédératif, ordonné au bien des différentes maisons, et non l'inverse.

La conversion sans cesse à reprendre

Il faut en croire le dicton : l'habit ne fait pas le moine ; au moins ne suffit-il pas à faire un moine. La stabilité dans un monastère non plus, car elle pourrait n'être que la paresseuse assurance d'un abri définitif. Aussi le profès s'engage-t-il par un second vœu à « la conversion de ses mœurs ». C'est promettre évidemment la pauvreté évangélique – déjà exigée en fait par la vie commune – et la chasteté (si bien que ces deux vœux plus spéciaux ne sont pas prononcés dans la formule de profession monastique) ; mais c'est du même coup s'obliger à ne jamais considérer cette conversion comme une situation acquise.

Si la pauvreté et la chasteté, si plus généralement toutes les vertus chrétiennes consistaient seulement à se libérer une fois pour toutes de certaines attaches, on pourrait imaginer que la chose puisse être faite d'un seul coup, comme on tranche une amarre. Mais il en va bien autrement. Le renoncement aux biens de ce monde, même légitimes et sains, n'est chrétien que dans la mesure où il implique et facilite le don plus intégral de soi-même au Christ.

Nul doute que le novice, au matin de sa profession, ne s'engage de tout son cœur. Mais quelle que soit sa ferveur, il ne tient et ne tiendra jamais dans ses mains que l'instant présent. Le futur, comme tel, lui échappera toujours. Il peut donc tout au plus promettre qu'à chaque instant – aussi constamment qu'il est possible à un esprit vacillant comme l'est le nôtre – il se reprendra pour se

Une vie évangélique

redonner, sinon avec le même enthousiasme juvénile, du moins mû par une foi et un amour croissants.

Renoncer à tout, en bloc, c'est encore facile, dans la mesure où un acte si général prend toujours un caractère abstrait, et d'autant que l'inexpérience (ou la très faible expérience) de la vie monastique permet difficilement de jauger les sacrifices qu'elle demandera, même après une année de noviciat et trois ans de vœux temporaires. On dit ainsi couramment dans les monastères que l'on ne découvre pas véritablement ce que c'est qu'être moine avant dix ans de cette vie-là. Tel est donc le risque. Mais y aura-t-il jamais engagement personnel digne de ce nom sans risque ? On assume aussi un risque en se mariant, il vaudrait mieux que les époux en prennent conscience plus claire, ils seraient mieux armés ensuite contre les désillusions et la tentation de rompre, comme s'ils ne s'étaient pas engagés aussi même dans le cas où ils seraient déçus !

Le moine, lui, aura-t-il du moins cet avantage qu'il ne risque pas d'être déçu par Celui auquel il s'est uni ? Il faudrait être bien ignorant de la vie spirituelle pour l'imaginer. Au contraire, il est bien rare qu'en ce domaine le progrès ne se marque par une sécheresse de l'âme et un apparent éloignement de Dieu. Parallèlement, le moine découvre chaque jour à ses dépens de nouveaux recoins de son être que la grâce n'a point encore illuminés et guéris, si bien qu'il doit se livrer à une lutte incessante – ce que Claudel appelait un jour « la campagne d'évangélisation progressive de toutes les puissances de l'âme » –, lutte d'autant plus épuisante que toute cette partie obscure de notre esprit repousse la lumière et déjoue les pièges où l'on croirait la prendre, avec une subtilité qui fait l'étonnement de Dieu même (cf. Jér. II, 33 et 36).

Ne peignons pourtant point la vie monastique sous les traits d'une pure ascèse. Les traits que l'on rapporte à l'ordinaire de l'histoire des Pères du désert ne portent déjà que trop à en faire des sportsmen de la mortification. En fait, sans même insister à nouveau sur la « discrétion bénédictine », il faut affirmer que, dans le désert pas plus que dans la plus « ordinaire » des vies chrétiennes, l'ascèse ne saurait constituer l'essentiel, ni même le premier temps de la « conversion ». Dieu est premier en tout, y compris dans le difficile retour que nous avons à faire vers Lui. C'est Lui qui le premier appelle à la vie monastique ; bien plus, le novice profite dès le premier jour de toutes les richesses spirituelles dont un monastère est doté par la grâce de Dieu, alors même qu'il en est seulement à ses premiers pas dans la voie du renoncement.

C'est là en effet le sens même de toute l'institution monastique : plonger dans une forme de vie parfaite des fidèles encore très imparfaits, et très lents à s'améliorer. Encore faut-il se hâter de préciser qu'en parlant de vie parfaite, l'on n'entend aucunement prétendre que tout soit parfait dans un monastère (après tant d'années vécues entre ses murs, aucun religieux ne risque de se faire beaucoup d'illusions sur ce point !). Ce qui est parfait, ce n'est point la réalisation – imparfaite comme le sont les moines qui la mènent – mais la forme de vie : étant menée en commun, elle est conforme à l'Évangile ; étant permanente, pauvre et chaste, elle préfigure, annonce et prophétise dès ici-bas ce que doit être la vie céleste, éternelle communion des saints où le mariage n'a plus de raison d'être puisque chacun des élus possède pleinement ce que le mariage signifiait sacramentellement : l'union du Christ et de son Église [10].

La communauté monastique fournit ainsi, sur cette terre, une image imparfaite mais réelle de la vie bienheureuse, que, à vrai dire, mais à un degré moindre, toute la communauté des croyants devrait fournir au monde, si du moins elle était une communauté...

Le joug de la règle

Le joug de la règle est, au premier abord, un aspect moins sympathique de la vie religieuse. L'insistance qu'y apporte saint Benoît, prévoyant sans cesse la « discipline régulière », c'est-à-dire une pénalité, ne peut qu'accroître cette réaction instinctive. Est-ce pour cette raison que l'iconographie – tardivement il est vrai – munit l'Homme de Dieu non seulement du corbeau ou de la Règle, mais de honteuses verges ?

En fait, on ne les donne plus, de nos jours, sinon sur soi-même ; et elles portent alors le nom révélateur de « discipline ». Ce mot, lui aussi, paraîtra rébarbatif sans doute : bien à tort ! On ne fait rien sans s'obliger à une discipline. Malheur à nous si, à présent, les âmes les meilleures ne croient plus en trouver ailleurs que dans les « méthodes » hindoues. Tant il est vrai que l'on ne saurait progresser dans la vie spirituelle – comme d'ailleurs dans les techniques ou les sports – sans une règle.

Répondra-t-on que l'Évangile est une règle suffisante pour des chrétiens ? Aucun législateur monastique n'en disconviendrait. Leurs règles ne sont jamais présentées que comme une émanation, une mise en pratique des enseignements de Jésus ; l'Église ne les approuve d'ailleurs que pour autant qu'elle y reconnaît un fidèle miroir de l'Évangile. Au surplus, l'une des merveilles de la Règle de saint Benoît est sa souplesse, sa modération, qui lui ont permis de s'imposer durant quatorze siècles et dans les pays les plus divers, sur les cinq continents.

Mais il convient surtout de remarquer ceci : la Règle n'obligera jamais que le moine qui le veut bien. Non seulement parce qu'il est libre d'entrer et, durant au moins quatre ans, libre de se retirer, mais bien davantage parce qu'il n'y a plus de prison monastique (s'il y en eut, ce n'était point prévu par la Règle), et que, en fait, sauf cas excessivement grave, l'abbé ne dispose pratiquement d'aucun moyen de coercition envers le moine qui ferait une grève perlée – ce que, bien entendu, aucun d'eux n'ignore. Par conséquent, chaque fois qu'ils obéissent – et la vie monastique est ainsi disposée que la pratique de l'obéissance soit renouvelable fréquemment – les moines s'obligent en toute liberté à obéir[11]. Sans même parler de la marge supplémentaire d'initiative qu'ils gardent généralement dans leur travail particulier, c'est peut-être un paradoxe, mais c'est une vérité indubitable : les moines font autant d'actes libres que d'actes d'obéissance ; d'autant plus sûrement libres que, en ce cas, et seulement alors, toute illusion d'être esclave et dupe de ses impulsions, de ses passions ou de ses désirs secrets est *enfin* écartée. On imagine difficilement la libération que peut ainsi opérer un ordre, anonyme comme l'est celui d'une règle, ou paternel lorsqu'il émane d'un abbé.

L'abbé

L'abbé, c'est beaucoup plus qu'un supérieur. Saint Benoît en a défini le rôle en deux chapitres que l'on trouvera intégralement plus loin, car ils sont à la fois la définition parfaite de la clef de voûte de la communauté – de l'abbé plus que tout autre chef on peut dire : tel abbé, telle communauté – et l'un des points où se dévoile à nous lumineusement ce que put être saint Benoît lui-même – *Il n'enseigna pas autrement qu'il vécut.* Il semble donc inutile d'insister beaucoup sur le caractère humain du gouvernement abbatial tel que l'entend l'Homme de Dieu. On voit bien que, loin d'imposer sa volonté de façon autoritaire, l'abbé se

Une vie évangélique 63

mettra au service de tous les tempéraments, de toutes les personnalités, pour permettre à chacun de répondre à une vocation qui, pour se réaliser dans la communauté monastique, n'en a pas moins un caractère strictement personnel. Et Dieu seul peut savoir – ainsi que les pères abbés, j'imagine – l'extraordinaire diversité des âmes, les méandres aussi qu'elles perdent leur temps à dessiner, avant de se jeter dans l'océan de l'amour divin !

Il faut davantage indiquer ce que représente l'abbé à la tête de sa communauté. À son ordinaire, saint Benoît l'indique d'un mot, au début de son chapitre (R. 2) : *L'abbé qui est jugé digne de gouverner le monastère doit se souvenir sans cesse du nom qu'il porte.* Or abbé, c'est père. Ainsi seulement une communauté est constituée en corps. Car de même qu'il ne saurait y avoir de corps sans tête, ni d'Église sans le Christ, de même que, dans le foyer chrétien, le sacrement du mariage habilite le mari à être le sacrement du Seigneur, de même l'abbé. Aussi la Règle continue-t-elle aussitôt : *On le regarde en effet comme tenant lieu du Christ dans le monastère* ; autrement dit : il est le sacrement de Dieu ; il permet à ses moines d'apprendre à aimer le Christ concrètement, sacramentellement, au travers de sa personne, à vivre en compagnie du Père.

Aussi est-il élu à vie, contrairement à ce que prescrivent à peu près toutes les règles religieuses depuis le XIIIe siècle. Une telle prudence peut fort bien s'expliquer et se légitimer dès lors que l'on voit dans le supérieur un homme toujours enclin à se tromper ou à prétendre abuser de son autorité. Saint Benoît sur ce point pousse la foi jusqu'à la témérité : l'abbé, durant sa vie entière, n'est responsable que devant Dieu qu'il représente, et qui lui demandera des comptes.

Porte ouverte à toutes les tyrannies ? Si l'on veut, encore que, comme nous l'avons vu il y a un instant, cette autorité soit purement morale, sans pouvoir s'appuyer sur aucune sanction. Avouons plutôt de bonne grâce que rien ne marche plus dans l'institution monastique si l'on abandonne le point de vue de la foi qui est le sien depuis A jusqu'à Z. C'est l'évidence même : une communauté ne peut durer que par la grâce ; c'est une vie surnaturelle que la vie monastique, et elle ne peut continuer d'être exercée, tant par le chef que par ses membres, s'ils n'acceptent de se conduire d'après leur foi. Ceci explique pourquoi, si souvent au cours des âges, on a vu de lamentables décadences. Mais cette même exigence d'esprit surnaturel fait aussi toute la valeur de témoignage que peut avoir un monastère : le seul fait de son existence manifeste la force et la vitalité de la grâce dans l'Église, puisqu'elle est capable d'entretenir un tel foyer, en dépit de toutes les forces désagrégatrices du péché.

Ici encore n'exagérons point, cependant, le prodige. Cette vie-là est, à tout prendre, très naturelle aussi. La communauté de vie est un besoin de l'homme, à peine moins primaire que son individualisme. Demeurant ensemble, pour la vie, sous un abbé lui aussi permanent, les moines sentent qu'ils appartiennent à une famille. Ce n'est point là un des moindres aspects de la vie bénédictine, ni le moins attachant. Vient encore le renforcer tout le code de politesse et de courtoisie que la Règle s'attache à fixer avec raison : s'il convient d'honorer tous les hommes, *a fortiori* ces frères que le Seigneur nous a donnés ! *Les plus jeunes honoreront donc les anciens ; les anciens auront de l'affection pour les jeunes... Quand les frères se rencontreront, le plus jeune saluera son ancien... Si un ancien vient à passer, le plus jeune se lèvera... On accomplira ainsi ce qui est écrit :* « *Se prévenir d'honneur les uns les autres* » (Rom. XII, 10 ; R. 63. Cf. R. 72, cité plus loin).

Citons, pour conclure, deux des plus célèbres anecdotes des *Dialogues* de saint Grégoire. Elles montreront mieux que de longs commentaires le double dépassement possible de la lettre des institutions monastiques. Dans le premier cas, la ferveur du jeune disciple pousse l'obéissance la plus aveugle jusqu'au miracle ; dans la seconde, au soir de sa vie, saint Benoît en personne reçoit du ciel cette leçon que la charité peut à certaines heures privilégiées être libre des prescriptions de la règle et de la vie commune :

Un jour que le vénérable Benoît se tenait dans sa cellule, Placide, dont j'ai déjà parlé, un des jeunes moines du saint homme, sortit pour aller au lac puiser de l'eau ; mais en y plongeant sans précaution la cruche qu'il tenait, il perdit l'équilibre et tomba dans l'eau avec elle. Bientôt le courant l'entraîna et l'emporta loin du bord, à peu près à une portée de flèche. L'homme de Dieu, de l'intérieur de sa cellule, en eut tout de suite connaissance et se hâta d'appeler Maur : « Cours, cher frère Maur, car cet enfant, qui était allé chercher de l'eau, a glissé dans le lac, et déjà le courant l'emporte fort loin. » Fait merveilleux et unique depuis l'apôtre Pierre : sur l'ordre de son Père, après avoir demandé et reçu la bénédiction, Maur se précipite ; il court jusqu'à l'endroit où le flot avait entraîné l'enfant, se croyant sur la terre et marchant, de fait, sur les eaux. Il le saisit par les cheveux et regagne la rive en toute hâte.

Dès qu'il eut touché terre, revenu à lui, il regarda en arrière et s'aperçut qu'il avait couru sur l'eau. Stupéfait, il frémit d'avoir accompli ce qu'il n'aurait jamais pensé pouvoir réaliser. De retour auprès du Père, il lui rapporta ce qui s'était passé. Le vénérable Benoît commença par attribuer la chose, non à ses propres mérites, mais à l'obéissance de son disciple. Maur, au contraire, soutenait que cela n'était dû qu'au seul commandement du Père, et pensait n'être pour rien dans le prodige qu'il avait inconsciemment opéré. Mais dans cet aima-

ble assaut d'humilité, intervint en arbitre l'enfant qui avait été sauvé : « Moi, dit-il, comme on me tirait hors de l'eau, je voyais au-dessus de ma tête la melote de mon abbé, et je pensais que c'était bien lui qui me sortait du lac » (D. 7).

La sœur de Benoît, nommée Scholastique, consacrée dès son enfance au Seigneur tout-puissant, avait coutume de venir le voir une fois l'an. L'homme de Dieu descendait la recevoir dans une dépendance, non loin du monastère. Un jour donc, elle vint comme à l'ordinaire, et son frère vénéré, accompagné de quelques disciples, s'en fut la rejoindre. Ils consacrèrent tout le jour à la louange de Dieu et à de célestes entretiens ; et la nuit tombait déjà quand ils prirent ensemble leur collation.

Comme ils étaient encore à table et que, durant ces saints propos, l'heure s'était fort avancée, la moniale, sa sœur, lui fit cette demande :

« Je t'en prie, ne me quitte pas cette nuit, et jusqu'au matin, parlons des joies du ciel. »

« Que dis-tu là, ma sœur ! répondit-il. Rester hors du monastère m'est absolument impossible. »

Or, telle était la sérénité du ciel, qu'on n'y apercevait aucun nuage.

Devant le refus de son frère, Scholastique posa les mains sur la table, les doigts entrelacés, et y cacha son visage pour prier le Seigneur tout-puissant. Lorsqu'elle releva la tête, il se produisit un tel déchaînement d'éclairs et de tonnerre, un tel déluge de pluie, que le vénérable Benoît et les frères venus avec lui n'auraient pu mettre le pied hors de la maison où ils étaient réunis. La moniale, en inclinant la tête dans ses mains, avait répandu sur la table des torrents de larmes qui firent changer en pluie la pureté de l'air. Et la tempête suivit la prière sans le plus léger retard : tel fut l'accord entre la supplication et l'orage que le tonnerre gronda à l'instant précis où la sainte relevait son visage, de sorte que, d'un seul et même mouvement, elle redressa la tête et fit tomber la pluie.

Alors l'homme de Dieu, voyant qu'il ne pouvait plus regagner le monastère au milieu des éclairs, du tonnerre et de cette véritable inondation, en fut très contrarié et se plaignit en ces termes : « Que le Dieu tout-puissant te pardonne, ma sœur, qu'est-ce que tu as fait ? » À quoi elle répondit : « Vois, je t'ai prié, et tu n'as pas voulu m'entendre ; j'ai invoqué mon Seigneur, et il m'a exaucée. À présent, sors si tu le peux ; abandonne-moi et retourne au monastère. » Mais lui ne pouvait sortir de cet abri. Si bien que, n'ayant pas voulu rester de bon gré, il y demeura malgré lui. Il advint ainsi qu'ils veillèrent toute la nuit, se rassasiant des saints discours qu'ils échangeaient sur la vie spirituelle.

(Ainsi) le vénérable Père Benoît voulut bien une chose, mais il ne put l'accomplir. Si nous considérons sa pensée, il désirait pour sûr voir durer le temps radieux dont il avait joui en venant ; mais à l'encontre de ce qu'il voulait, il trouva un miracle jailli, par la vertu du Dieu tout-puissant, du cœur d'une vierge. Et il n'est pas surprenant que cette femme, désireuse de voir plus longtemps son frère, ait eu à cette heure-là plus de pouvoir que lui. En effet, puisque selon la parole de saint Jean, Dieu est amour (I Jean IV, 16), *c'est par un jugement très équitable que celle-là eut plus de pouvoir, qui aima davantage* (D. 33).

UNE PRIÈRE QUI EST UN TRAVAIL

Que rien ne soit donc préféré à l'Œuvre de Dieu. Rien n'est plus répandu que cette idée simple sur les moines : ce sont les spécialistes de la liturgie. On en conclut même parfois tout bonnement que, la fonction de la prière étant ainsi tenue par eux dans l'Église, les autres fidèles s'en trouvent plus ou moins dispensés !

On ne saurait souscrire sans beaucoup de réserves à une telle définition de la vie monastique. Comme toutes les autres légendes, cependant, elle nous présente, embelli et transformé, le souvenir d'une tendance propre aux Bénédictins, qui s'est épanouie surtout à Cluny. Dès l'origine, en effet, les moines d'Occident furent appelés – et d'abord par saint Grégoire en personne – en des maisons proches des basiliques ; parfois même de telles fondations se réalisaient expressément afin que l'office divin y fût assuré quotidiennement. Aux VIIe et VIIIe siècles, on trouvera ainsi, en Italie, en Espagne et en Gaule, quantité de monastères si bien appliqués à cette charge qu'ils doivent célébrer l'office non point selon les prescriptions spéciales de la Règle de saint Benoît, mais suivant le rite romain, c'est-à-dire selon les coutumes des basiliques – Auxerre, Sens, Poitiers ou Orléans – dont ils sont en fait devenus les chapelains.

C'est pourtant à partir du IXe siècle seulement que Cluny étendra les offices au-delà de toute proportion : à la liturgie du jour on ajoutera les offices des morts et de la Sainte Vierge, mais en plus, à l'occasion, ceux de la Sainte-Croix, de la Trinité, du Saint-Esprit, etc. On multiplie les psaumes : sept psaumes de pénitence, quinze psaumes graduels, trente psaumes d'affilée pris au début ou à la fin du psautier, sans parler des additions particulières... Bref, alors que la Règle prévoit – comme un minimum il est vrai – la récitation du psautier en une semaine, on arrivait alors à dépasser le nombre de cent cinquante psaumes dans une seule journée.

De telles pratiques étaient à la fois si encombrantes et si lourdes qu'elles rendaient quasi impossible toute autre activité : on imagine aisément en effet qu'un moine, après ses quelque dix heures d'offices quotidiens, ne devait plus se sentir très capable d'un autre travail durant les cinq ou six heures qui restaient en dehors du temps de sommeil ; bien pire encore, ces doses massives de prières réglementaires avaient de quoi saturer les meilleures volontés.

En fait, les réformes périodiques ont généralement réagi contre ces excès. Tout dernièrement encore, les Cisterciens ont supprimé l'office adventice qui les surchargeait, et, ce faisant, nul doute qu'ils ne soient non seulement dans l'esprit, mais dans la lettre même de la Règle de saint Benoît.

Ne passons pourtant pas d'un extrême à l'autre. Si l'office n'est pas toute la vie du moine, il n'en constitue pas moins une tâche qui n'a rien de contraire à la vie monastique. Il devient nécessaire de le préciser, certains se réclamant à présent de la tradition ancienne des Pères du désert pour attaquer l'importance que la vie liturgique a prise dans les monastères. Les premiers moines, en effet, ne s'en préoccupaient guère ! Même lorsqu'ils menaient la vie commune, leur prière restait individuelle, et cherchait seulement l'union aussi vive que possible de leur âme avec leur Dieu. S'il leur arrivait de réciter ensemble des psaumes, par exemple durant leur travail, ils ne faisaient généralement que juxtaposer de multiples prières privées. La liturgie est bien autre chose.

Mais il semble que ce soit justement l'un des points où saint Benoît – d'ordinaire, comme nous l'avons dit, si dépendant de la tradition ancienne – a volontairement innové. L'Orient disait : Ne rien préférer à la prière ; la Règle reprend l'aphorisme en le modifiant : *Ne rien préférer à l'Œuvre de Dieu.* Il ne faut d'ailleurs pas, ici encore, majorer ce précepte. Saint Benoît ne l'inscrit pas en tête des chapitres – longs, précis, détaillés – où il organise l'office divin. Cette petite phrase conclut seulement le premier paragraphe du chapitre sur les retards ; elle arrive inopinément, comme par raccroc. En outre, saint Benoît vient de prescrire que l'on quitte tout pour se rendre à l'office ; quand il ajoute immédiatement après qu'il ne faut rien lui préférer, ce n'est donc pas à entendre absolument, mais dans le concret de la vie régulière : dès que la cloche annonce l'heure, la première tâche *devient* l'Œuvre de Dieu.

Car il ne peut en être de la spiritualité bénédictine autrement que de la spiritualité chrétienne : pour les disciples du Christ, il n'y a qu'un seul commandement, celui de la charité, placé par saint Benoît en tête de son chapitre « Des bonnes œuvres », où l'on ne trouve au surplus aucun précepte concernant l'office proprement dit, mais seulement *« S'appliquer fréquemment à la prière »*, ce qui doit s'entendre bien plutôt de la prière intime.

Mais où donc notre amour de Dieu trouverait-il mieux à s'exercer que dans la prière ? Prier c'est aimer Dieu. S'il est avéré d'autre part que la charité n'est pas n'importe quel amour, mais un amour vraiment divin, « diffusé dans nos cœurs par l'Esprit saint » en Personne, l'union à Dieu que cherchent le moine et tous les chrétiens se réalisera d'autant plus pleinement que la prière sera celle même de l'Église s'appropriant l'action de grâces du Christ, et chantant avec le même Esprit que Lui – autrement dit avec l'Esprit d'Amour – la gloire de Dieu. Mais on voit bien que c'est la définition de la liturgie.

Faut-il seulement s'en étonner ? Qu'y a-t-il de surprenant à voir qu'un groupe de chrétiens, vivant ensemble, éprouvent le besoin de chanter leur commun amour ? Ne font-ils pas entre eux, dans l'unique Église, une Église ? Quand ils sont réunis, le Seigneur leur a promis d'être au milieu d'eux. S'ils prient, c'est Lui qui prie à nouveau, par leurs bouches ; c'est Lui qui peut se servir d'eux pour être présent, à travers eux, au monde d'aujourd'hui. Ils le déclarent du reste, au début de l'office : « Seigneur, nous réciterons cette heure en union avec la divine intention qui fut la tienne quand tu chantais la gloire de ton Père. »

C'est donc doublement à juste titre que saint Benoît appelle cette prière « Opus Dei », l'œuvre de Dieu. C'est l'œuvre de Dieu parce qu'elle émane de l'amour de Dieu répandu dans le cœur des moines ; mais aussi, c'est l'œuvre de Dieu parce qu'elle est pour Dieu, purement désintéressée, hommage incessant et vain dont l'écho se perd en des nefs vides ordinairement de toute autre assistance que celle de la communauté. Or les moines y sont trop « à l'œuvre » pour songer beaucoup à en jouir. Les subtiles satisfactions de l'esthétisme ne peuvent être le fait que de spectateurs, de fidèles qui n'auraient, tel Huysmans, qu'à regarder et entendre. Pour les moines, l'office est l'opus, l'*Œuvre* de Dieu, une tâche souvent pénible et fastidieuse, l'exercice de sa foi tout autant que de son volontaire amour.

On se lasse vite, en effet, de fastes si quotidiens, et, sous de légères variations, si identiques en leur fonds. L'harmonie d'un chant grégorien, exécuté par un chœur où l'on admet toutes les voix, si frustes ou si fausses qu'elles soient, est perceptible de loin, mais non pas du milieu des stalles. Vraiment l'on s'étonnerait que des moines comme étaient les Cisterciens aient pu s'y tromper, reprochant à Cluny ses somptueux offices ; mieux vaudrait y voir, semble-t-il, l'indice d'une vertu héroïque ! Ce qui n'est pas dire, on le devine, que la prière chorale représente à leurs yeux une pesante corvée : seulement, la joie en est toute spirituelle.

Mais, bien entendu, il s'agissait de tout autre chose, dans cette célèbre querelle qui opposa si longuement Cîteaux à Cluny, et ce quelque chose était fort important. Comme il arrive, les deux partis avaient chacun de bonnes raisons pour soutenir ce qu'il y avait de positif en leur propre point de vue ; ils eurent seulement le tort de rester fermés au point de vue complémentaire. Il faut d'ailleurs ajouter que, comme il arrive également trop souvent, les exclusives, ainsi que les majorations qui les avaient provoquées, furent le fait des disciples plutôt que des supérieurs (encore que l'on puisse regretter le rôle joué par saint Bernard dans une querelle où Pierre le Vénérable, abbé de Cluny, fut à la fois plus charitable et plus habile. Cf., dans notre anthologie, p. 133 à 140).

Que prétendait Cluny ? Cluny défendait l'aspect extérieur et la richesse tout à la fois de la liturgie et de son cadre architectural. Qu'ils ne soient point prescrits en toutes lettres par la Règle, c'est évident. Moins encore par les Pères du désert. Mais précisément, si la pensée de saint Benoît sur l'office divin est assez différente de celle du monachisme primitif, il y a donc des variations possibles sur ce thème ? En insistant sur la beauté *extérieure*, Cluny ne faisait que suivre une des exigences incluses en toute liturgie, car il est bien évident que, si la prière chrétienne devait être seulement *intérieure*, il n'y aurait pas de liturgie possible. Dénier l'importance de cette composante sensible, c'était rompre l'équilibre établi par le catholicisme pour réconcilier le corps et l'âme dans une même prière ; cela risquait bien de provenir, à la base, d'un oubli du complexe humain, indissolublement spirituel et charnel, ainsi que d'un sens affaibli du symbolisme, qui permet à des gestes physiques d'être porteurs et suscitateurs d'actes de l'esprit.

Avec le recul des siècles, et forts d'une redécouverte de cette mentalité sur laquelle repose jusqu'à la possibilité d'une véritable liturgie, nous sommes aujourd'hui en mesure de comprendre que Cîteaux, en attaquant avec une ferveur intempestive les fastes de Cluny, faisait en réalité le jeu de tout un mouvement de culture, originaire de ce même XIIe siècle [12] ; en sapant le séculaire humanisme dont Cluny avait été l'une des manifestations les plus marquantes, Cîteaux désagrégeait l'union féconde de la nature et de la grâce. Au profit de la grâce, bien entendu ! Mais, par un inévitable retour des choses, il ouvrait un champ libre au futur humanisme naturiste de la Renaissance. Cette création, que Cluny avait essayé d'associer à sa liturgie, de façon qu'elle devînt le cantique pascal d'un monde sauvé, l'austérité cistercienne pensa devoir l'anathématiser – non point absolument (ce qui constituerait une hérésie) mais en l'excluant au moins de la spiritualité monastique.

Tel était bien leur droit. Il sera toujours loisible d'ajouter qu'en cela les moines de saint Bernard se rapprochaient des conceptions austères des Pères du désert. Ils répondaient aussi à une exigence non moins impérieuse de toute spiritualité monastique. S'il n'y a point, en effet, de liturgie qui ne mette en œuvre les corps, encore moins peut-elle se passer des âmes. Or, nous l'avons vu, la répétition journalière – et sept fois le jour – des offices ne va guère sans un énorme risque de formalisme. Il convient donc d'insister sur la nécessité primordiale d'une prière tout intérieure. Sur ce point, le souci des moines cisterciens était parfaitement légitime, témoignant au surplus de l'authenticité de leur vie religieuse.

On retrouve la même insistance dans la Règle, en deux chapitres qui viennent conclure toute la partie relative à l'office (R. 19-20). Ils montrent, en particulier, comment le passage se fait tout naturellement d'une récitation attentive de l'office liturgique à une prière toute personnelle, toute simple, brève celle-là, de préférence, afin qu'elle puisse être très pure, et sans cesse reprise. Cette effusion du cœur, faite avec larmes

– autrement dit avec le sentiment constant de son péché –, est tout à fait dans la tradition de la prière orientale. Quel moine ne s'y sentirait à son aise ? Elle est sa respiration, le cri d'appel et de salut d'une âme que le souvenir de Dieu, la proximité de Dieu rendent consciente de sa misère, de ses résistances, et du refus opposé à l'Amour par ce qui, tout au fond d'elle-même, n'est pas encore converti, purifié, sanctifié, donné à Dieu.

Mais cette humilité vécue ne doit aucunement exclure le chant triomphal de la liturgie. Nous retrouvons ici le paradoxe de la condition monastique, qui n'est, à dire vrai, que le paradoxe même de la condition chrétienne : dans le Christ, l'Église est sainte, bien que chaque pécheur doive lentement, douloureusement se sanctifier ; de même, dans le monastère, la forme de vie est sainte, mais non pas tous les moines, du jour où ils ont pris l'habit. La prière d'une telle communauté est donc tout normalement une action de grâces liturgique, mais prononcée par des lèvres qui se savent souillées, et, loin de jouir en esthètes du déploiement des cérémonies, souffrent et se plaignent amoureusement à leur Seigneur d'être indignes d'une telle œuvre divine.

UN TRAVAIL QUI EST UNE PRIÈRE

Ora et Labora : Prie et travaille. Une telle devise ne se trouve, en sa lettre sinon en son esprit, ni dans la Règle, ni même dans les *Dialogues*. Une anecdote, pourtant, aura servi de prétexte ; il faut donc la rappeler ici :

Un Goth, simple d'esprit, vint se faire religieux ; l'homme de Dieu, Benoît, le reçut bien volontiers. Un jour il lui fit remettre un de ces instruments de fer qu'on appelle fauchards, à cause de leur ressemblance avec la faux, pour couper les ronces d'un terrain dont on voulait faire un jardin. Le coin que le Goth avait à essarter était situé sur le bord même du lac. Comme ce Barbare frappait de toutes ses forces pour couper d'épais buissons, le fer, s'échappant du manche, tomba dans le lac, à un endroit où l'eau était si profonde qu'on n'avait plus aucun espoir de repêcher l'instrument. Ayant perdu son fer, le Goth, tout confus, courut trouver le moine Maur ; il l'informa du dommage qu'il avait causé, et demanda pardon de sa faute[13]. *Maur s'empressa d'en faire part au serviteur de Dieu Benoît. Sur quoi, celui-ci se rendit au bord du lac, prit le bois de la main du Goth et le plongea dans l'eau. À l'instant même, le fer remonta du fond et rentra dans le manche. Alors le saint rendit l'instrument à cet homme en lui disant :* « *Tiens, travaille et ne sois plus triste* » (D. 6).

Cette repartie est tout à fait dans le ton de la Règle. Si, en effet, saint Benoît prévoit comme la cause la plus ordinaire de tristesse les inévitables froissements qui résultent de la vie commune[14], il voit dans le travail non seulement une ascèse, mais aussi une source de joie, car l'oisiveté est ennemie de l'âme qu'il faut préserver de l'ennui. Aussi la Règle prend-elle bien garde que ce travail ne devienne accablant (cf. R. 35 et 48). *Si les frères, pourtant, se trouvent obligés par la nécessité ou la pauvreté à travailler eux-mêmes aux récoltes, ils ne s'en affligeront point ; c'est alors qu'ils seront véritablement moines lorsqu'ils vivront du travail de leurs mains, à l'exemple de nos Pères* (les Pères du désert) *et des Apôtres* (R. 48).

La phrase vient incidemment au cours du chapitre déterminant le temps du travail quotidien, et elle montre à tout le moins que saint Benoît considérait le travail des champs comme souhaitable, mais tout de même comme plutôt exceptionnel dans les communautés, ce qui ouvre des perspectives plus larges peut-être que l'interprétation cistercienne. Mais la remarque nous est précieuse bien davantage encore en ce qu'elle nous révèle comment l'Homme de Dieu conçoit la pauvreté – et d'autant plus sûrement que saint Benoît l'écrit comme elle lui vient sous la plume, trahissant ainsi sa pensée la plus profonde.

Depuis le XIIIe siècle, on a tendance à identifier la pauvreté religieuse avec l'idée que s'en fit saint François d'Assise, popularisée ensuite par les ordres *mendiants*. Ce mot à lui seul suscite des images qui ne correspondent d'ailleurs que de loin avec la pauvreté telle que les Franciscains l'ont vécue, images qui ancrent dans les esprits l'idée que cette pauvreté consiste à manquer de tout, y compris du nécessaire, bref, à être misérables. Même les Clarisses, qui portèrent aussi loin que possible cette abnégation, se voient obligées, depuis la dernière guerre, à modifier cette façon de vivre, et il semble bien que Pie XII ait encouragé ce retour à l'idée qu'être pauvre, c'est vivre du travail de ses mains : il pouvait être édifiant de mendier en un temps où les esprits étaient suffisamment imbus de christianisme pour comprendre le sens de cette quête, et pour se sentir le devoir d'y répondre. Précisons même que saint François manifestait la réaction du Saint-Esprit contre l'enrichissement indu des abbayes, tant bénédictines que cisterciennes, au tournant du Moyen Âge. Mais à présent, comme le disait spirituellement un bon chrétien pourtant : « Cette pauvreté-là suppose beaucoup de gens (du monde) imparfaits qui veuillent bien nourrir quelques religieux parfaits. »

Saint Benoît, lui, se rattache évidemment à la tradition ancienne. Chaque fois qu'il traite de la pauvreté, on sent affleurer chez lui le souvenir – on dirait presque la nostalgie – de la première communauté apostolique, dépeinte dans les Actes (II, 44-47 ; IV, 32-36), ou de celle des moines de l'Égypte : « à l'exemple de nos Pères et des Apôtres ».

Pour cette tradition, la pauvreté n'est pas un but : le but demeure toujours très explicitement la charité, sous sa forme à la fois la plus concrète et la plus évangélique : la vie commune. Celle-ci implique de chacun un renoncement à tout bien propre, ou, comme on l'a dit, une désappropriation. Il est même remarquable que, sur ce point, la discrétion bénédictine ne joue plus. Saint Benoît se montre particulièrement féroce, exige que le vice de propriété soit retranché jusqu'à la racine, que personne donc n'ait jamais rien en propre, pas même son corps ni sa volonté (ce qui, d'une certaine façon, revient à inclure chasteté et obéissance dans la pratique de cette pauvreté) ; le moine devra même s'abstenir de sembler s'approprier quelque chose en la nommant sienne (R. 33). C'est qu'il n'y a plus de vie commune possible si chacun peut se réserver un « pécule » si modique soit-il, comme cela s'est vu, hélas ! au départ de nombreuses décadences, tant est difficile, même en de petits groupes de volontaires, le socialisme intégral ! On l'a bien vu dans la communauté primitive, avec ce scandale d'Ananie et de Saphire (Actes V) que saint Benoît rappelle au passage, car il sait d'expérience que les hommes restent sujets à de semblables tentations :

Exhilaratus qui, par sa conversion, est maintenant des nôtres, avait été envoyé par son maître au monastère, porter au saint abbé deux petits carafons en bois remplis de vin et communément appelés flacons. Il porta bien l'un des deux, mais non sans avoir, chemin faisant, caché l'autre. Le bienheureux Benoît, pour qui les actions accomplies au loin ne pouvaient rester inconnues, reçut le carafon avec gratitude ; mais au

*serviteur qui s'éloignait, il donna cet avertissement :
« Garde-toi bien, mon fils, de boire de ce flacon que
tu as caché ; mais penche-le avec précaution, et tu
verras ce qu'il contient. » Tout confus, celui-ci quitta
l'homme de Dieu. Sur le chemin du retour, il voulut
néanmoins vérifier ce qui lui avait été dit, et comme il
inclinait le flacon, un serpent en sortit aussitôt. Alors
Exhilaratus, voyant ce qu'il avait trouvé dans le vin,
conçut une grande horreur de la mauvaise action qu'il
avait commise* (D. 18)[15].

Cet Exhilaratus n'était vraiment pas très malin : s'il avait su rester fidèle, je crois bien que le saint abbé lui aurait offert un peu du contenu de ce flacon ; la Règle en effet prévoit le cas, ajoutant sagement que le moine fera bien de profiter de l'aubaine sans se faire trop prier (R. 43). Petit détail, certes, mais qui témoigne d'un esprit constant : saint Benoît ne propose jamais d'observance rigoureuse – comme l'est celle de la communauté des biens – sinon ce qui est strictement nécessaire pour corriger nos vices et sauvegarder la charité. Mais en fait de rigueur et de discipline, il espère bien s'en tenir à ce minimum. En aucun moment, certes, il ne tient comme bien en soi que les frères soient privés du nécessaire. À preuve le chapitre qu'il ajoute aussitôt après la terrible réponse qu'il vient de donner à la question : « Si les moines doivent avoir quelque chose en propre. » Rien du tout, a-t-il répondu, absolument rien (R. 33). On tourne la page et l'on se trouve devant une nouvelle question : « Si tous doivent recevoir également le nécessaire. » La Règle y répond, comme on pouvait s'y attendre, en se référant encore aux Actes des Apôtres : *On fera ainsi qu'il est écrit : « On partageait à chacun selon ses besoins »*... Bien plus, saint Benoît revenant sur la question, à propos des moines qui chercheraient à s'approprier quelque objet, n'hésitera point à prévoir paradoxalement : *Pour couper jusqu'à la racine ce vice de la propriété, l'abbé donnera ce qui est nécessaire, à savoir coule, tunique, souliers, bas...* (suit une énumération des objets usuels au XIe siècle) (R. 55).

Ainsi, l'Homme de Dieu ne croit pas que ce soit le manque, la misère qui favorise l'esprit de pauvreté, mais bien au contraire d'avoir le nécessaire. Affirmation singulière, au premier abord, mais qu'un peu de réflexion corrobore sans tarder. Pourquoi l'Évangile a-t-il glorifié la pauvreté comme une béatitude ? Non point comme ferait le Bouddha pour glorifier le vide et l'absence de tout. Les pauvres sont bienheureux parce que au contraire ils n'ont point à s'embarrasser de richesses ; ils peuvent donc avoir le cœur libre, et surtout garder vis-à-vis de Dieu l'attitude de dépendance qui caractérise les enfants et les pauvres, ces amis de Dieu. Que l'on relise la parabole du lys des champs, le sens en est parfaitement clair : le Christ nous y enseigne à n'être préoccupé de rien parce que « le Père sait ce dont nous avons besoin ». Même doctrine chez saint Paul, qu'il s'agisse de la pauvreté proprement dite ou de la chasteté (I Cor. VII) : ce que veut l'Apôtre, c'est que les fidèles n'aient pas de sollicitude exagérée. Mais bien entendu, les soucis viennent aux hommes plus souvent de leur manque d'argent que de leurs trop grandes richesses, ou plutôt ils viennent de ce que, dans l'un et l'autre cas, leur cœur reste lié à leurs moyens de subsistance.

Comment donc favoriser au maximum ce dégagement, cette libération nécessaire ? Saint François d'Assise a pris un moyen héroïque. La voie prescrite par la Règle de saint Benoît est beaucoup plus modeste : on laisse à chacun le nécessaire, afin de ne pas mettre la foi à trop rude épreuve, mais en évitant toute appropriation – aussi rigoureusement cette fois qu'il est possible. De cette façon, le moine pourra plus aisément être tout à la fois libre de soucis temporels mais en tout dépendant de sa communauté. Cette pauvreté-là s'ouvre donc toute grande sur l'espérance, qui ne peut naître, s'il n'y a ce dégagement des biens du monde et ce désir d'un au-delà, mais qui consiste surtout en la confiance de l'enfant en son Père du ciel (présent pour lui sous le sacrement de l'abbé : *Tout ce qui lui est nécessaire, qu'il l'espère du Père de ce monastère*) (R. 33).

Est-ce à dire que l'état monastique tende à maintenir ses membres dans une sorte de minorité perpétuelle ? Point davantage en ce qui concerne la pratique de la pauvreté que sur la question de l'obéissance. Et cela pour une raison très simple : la même phrase du chapitre 48 de la Règle, que nous avons pris pour base de ce commentaire, indique du même coup non seulement la notion traditionnelle de la pauvreté évangélique et son lien avec l'espérance, mais aussi la conséquence pratique : puisque cette pauvreté n'exclut point d'avoir des réserves, et demande que l'on fournisse le nécessaire à chacun (pratiquement les Franciscains eux-mêmes doivent bien admettre cette base-là), il y a deux voies pour trouver les ressources indispensables : la mendicité ou le travail. Saint Benoît choisit la seconde, conformément encore à l'exemple « des Apôtres », et, ce disant, il voulait certainement rappeler implicitement les déclarations de saint Paul se donnant en exemple aux Thessaloniciens, et leur traçant l'image d'une vie sans désirs temporels autres que de se nourrir, de se vêtir et de subvenir aux besoins de toute vie humaine. Cette fois encore, saint Benoît ne trace pas un autre chemin de perfection que la vie évangélique pratiquée avec toute la rigueur possible, c'est-à-dire dans une communauté monastique.

Mais par là même il rejoint singulièrement l'idée que le XXe siècle se fait des pauvres. Le pauvre, dit-il, est celui qui travaille ; celui qui vit dans la dépendance. C'est presque la définition moderne du prolétaire. Plus heureux que lui cependant, les moines dont le travail doit aller à la communauté ne voient pas ses fruits aliénés : cette communauté est la leur. Bienheureux surtout parce que étant pauvres, le Royaume est à eux.

On serait tenté d'ajouter « dès cette terre » ! De fait, les monastères ont connu, à différentes époques, une richesse inouïe. Ceci n'était pas prévu par saint Benoît. L'épisode du flacon d'huile (cité p. 33-34) nous a montré qu'au Mont-Cassin, du moins à certains jours, la bourse et les caves de l'abbaye pouvaient se trouver à peu près vides. La Règle au surplus prévoit que l'on ne cherche point à s'enrichir par des gains excessifs sur les produits du travail monastique (R. 57). Mais il s'est trouvé que la foi des riches de ce monde, dans le haut Moyen Âge surtout, a voulu doter les monastères. Fallait-il refuser ces dons périlleux ? Les monastères préférèrent appliquer une autre règle traditionnelle de la pauvreté et du travail chrétien, que saint Benoît avait lui-même pratiquée et prescrite : le surplus, qu'on le donne aux pauvres, c'est-à-dire cette fois aux mendiants (cf. 53, 55, 66).

On se scandaliserait facilement de la fabuleuse richesse des grandes abbayes au Xe ou au XIIe siècle ; mais sait-on assez que Cluny nourrit en une seule année jusqu'à dix-sept mille pauvres, et qu'il n'y eut guère de monastère qui n'entretînt chaque jour les indigents par centaines ? En un temps, de surcroît, où l'assistance sociale de l'État restait, et pour cause, à peu près nulle, les moines eurent non seulement à secourir indigents, orphelins, vieillards ou réfugiés, mais aussi à remplir les tâches coûteuses dont se charge désormais l'administration publique. Si bien que, malgré leurs immenses ressources, on vit des abbés – en particulier saint Odilon de Cluny lui-même – aller jusqu'à vendre les pièces du trésor et de la sacristie pour faire face aux besoins de leurs frères les pauvres, afin que « tout soit partagé à chacun selon ses besoins ».

Mais de telles richesses, on le devine, n'allaient pas sans danger dès que l'esprit surnaturel faiblissait dans une communauté. De graves et trop nombreuses décadences en résultèrent. Cîteaux même n'y échappa guère. On a pu montrer que son organisation, mieux en accord avec la conjoncture économique du XIIe siècle, avait à la fois favorisé l'essor rapide de ses monastères, et compromis par une trop grande prospérité la ferveur de ses membres, tandis que Cluny, basé sur un système de redevances devenu, à la même époque, très archaïque, s'était vu ruiné, non sans dommages pour l'observance monastique [16]. Ainsi l'histoire inverse des deux plus grands mouvements religieux, en ce tournant du Moyen Âge, aboutissait-elle à une même conclusion : trop ou trop peu de biens nuisent également à la pauvreté monastique.

Ce n'était pourtant pas, semble-t-il, le plus grave danger. Plus pressante encore s'avéra la tentation de renoncer au travail des mains dans les monastères. On a déjà vu comment Cluny, ayant surchargé l'Œuvre de Dieu, ne pouvait plus guère demander à ses moines épuisés par ce travail-là – il est bien aussi fatigant qu'un autre – d'ajouter à cette tâche quotidienne l'exercice des métiers indispensables. Ils furent désormais exercés par des serfs ou des artisans à la solde du monastère. Ce fut l'honneur de Cîteaux de rendre au travail manuel la place importante que la Règle lui attribue, et l'on ne peut que se féliciter si, à présent, les conditions économiques amènent progressivement les Bénédictins eux-mêmes « à se souvenir qu'ils seront véritablement moines s'ils vivent du travail de leurs mains ».

Toutefois il convient de garder la mesure, c'est-à-dire, cette fois encore, d'en revenir à la sagesse de saint Benoît. À la clef de toute vie monastique, en effet, il y a d'abord environ sept heures de prière liturgique ou privée, ainsi que d'exercices conventuels, heures qui sont, répétons-le, fatigantes pour le corps autant que pour l'esprit. Qui en douterait peut bien en faire l'expérience ! Si l'on admet le minimum de sept heures encore pour se reposer, ainsi qu'une heure pour les repas, resteront donc au maximum huit heures, où il faudra loger non seulement le travail effectif, mais en outre des instants de détente indispensables, ainsi que la réfection également nécessaire des esprits.

LA TROISIÈME OCCUPATION DES MOINES

Entendre volontiers les saintes lectures. Nous en arrivons ainsi à la troisième des occupations prescrites par la Règle, et que l'on ne saurait minimiser davantage que les deux autres sans péril pour les âmes : à la prière et au travail, il faut ajouter la lecture spirituelle, ou, comme l'appelle saint Benoît, non sans raison, *la lecture divine.* Car l'esprit dépense lui aussi des forces qui ne sont pas inépuisables, dans l'exercice constant de la foi et des autres vertus monastiques, tout au long de l'office, du travail ou de la vie conventuelle. Mis plus fréquemment et plus fortement à l'épreuve, le moine doit pouvoir se nourrir l'âme de vues surnaturelles, et préparer un aliment à son oraison ou bien à la foi que les obédiences réclameront.

L'appétit en sera décuplé par le fait que les moines, étant devenus très rapidement des prêtres, pour la plupart, gardèrent de leurs études cléricales plus d'exigences intellectuelles. Une certaine répugnance, très humaine, pour le travail manuel – qui a aussi, il faut bien le dire, ses facilités parfois – amena les moines tout naturellement, et assez tôt semble-t-il, à remplacer les métiers manuels par des occupations plus liées aux besoins de leurs esprits, en particulier la copie des précieux textes, que l'on ne pouvait alors, évidemment, se procurer chez l'éditeur. Dès lors, une division interne alla s'affirmant de plus en plus. D'un côté, l'on créa une catégorie de moines inconnue de la Règle – ou plutôt envisagée par elle comme une exception [17] –, les frères convers. Leur participation à l'office étant nécessairement réduite, puisqu'ils ne savaient pas le latin quand même ils savaient lire, leurs occupations se cantonnaient davantage dans une prière de type privé et dans le travail manuel. Sans aller jusqu'à une classe inférieure de moines, comme on l'a dit peut-être un peu vite, il est certain que l'on n'évitait pas toujours de les réduire à une portion congrue, et d'autant plus qu'à présent, l'instruction étant devenue, au moins en Europe, à peu près universellement répandue, ceux qui se sentent la vocation de frères – c'est-à-dire ceux qui ont la vocation monastique indépendamment de toute vocation proprement sacerdotale – ont eux aussi des besoins plus intellectuels.

Parallèlement, les moines prêtres, tenus à l'office choral, consacrèrent à peu près exclusivement le reste de leur temps aux travaux savants. *Les moines de l'abbaye de Saint-Denis furent, du XIIe au XVe siècle, les historiens officiels des rois de France* (Dom Patrice Cousin). On sait même que la patiente érudition et les grandes recherches historiques accomplies par toute une équipe de chercheurs, au XVIIe et au XVIIIe siècle, valurent à la congrégation des Mauristes un renom flatteur et mérité. Saint-Germain-des-Prés qui était devenu en 1631 le chef-lieu de cette congrégation devint le centre des travaux considérables entrepris aussi par les Mauristes et notamment par Dom Jean Mabillon et par Dom Bernard de Montfaucon. Solesmes, relevé au

XIXᵉ siècle par Dom Guéranger, devait reprendre et illustrer à nouveau cette activité, si bien que l'expression « travaux de bénédictins » en est arrivée à caractériser des œuvres intellectuelles.

Cela pouvait sembler une trahison de la Règle, qui en aucun cas ne semble prévoir de tels travaux. Quand elle parle de lectures, il s'agit de *lectio divina*, c'est-à-dire d'une méditation soit de la Bible, soit des textes de la Tradition, qui prépare si directement l'oraison qu'elle débouche normalement sur elle. C'est bien pourquoi saint Benoît l'appelle *divine* : cette lecture est théologale, elle se fait dans la foi, nourrit l'espérance par la représentation plus vive des mystères surnaturels, et vient exciter la charité ; bref, elle vise Dieu et mène à Lui. Évidemment, la prescription de faire des lectures, si divines qu'on les demande, suppose la présence de livres dans une véritable bibliothèque, donc des copistes, et, d'autre part, en ces temps où la plupart des hommes restaient illettrés, des écoles internes, afin de permettre aux moines d'apprendre à lire ainsi que les rudiments de la grammaire. En fait, nous trouverons tout cela dans les monastères, dès la plus haute époque. Mais tout cela reste si purement ordonné à la seule lecture spirituelle que la Règle ne le mentionne même pas, estimant sans doute que qui veut la fin veut les moyens.

Rancé, le fougueux réformateur de la Trappe du XVIIᵉ siècle, avait donc beau jeu d'accuser les Mauristes, que Mabillon défendra avec le bonheur que l'on sait dans son *Traité des études monastiques*. Il semble bien pourtant qu'il dépassait largement la mesure, et les Trappistes souffrirent longtemps de l'espèce de carence d'alimentation spirituelle que son anti-intellectualisme excessif avait provoquée. Tout compte fait, on se demande si les savants mauristes ne connaissaient pas aussi bien que leurs adversaires la tradition monastique, y compris celle des Pères du désert, et s'ils ne pratiquaient pas judicieusement la *lectio divina*. Seulement, les circonstances et les besoins de leurs siècles imprimèrent à leurs lectures un tour différent, plus intellectuel, plus objectif, plus systématique, plus scientifique, en un mot. Nous touchons ici au drame de l'évolution de la culture et de ses répercussions sur le monachisme. On risquerait en effet de se méprendre fort sur ce qu'est un moine si l'on se contentait d'une définition abstraite et seulement tirée de la Règle ; il faut la confronter avec l'histoire bénédictine, pour découvrir le visage plus complexe de la tradition à travers les modifications du contexte historique. Nous avons déjà essayé de le faire, au cours des trois sous-chapitres qui précèdent, on l'aura bien remarqué, en montrant les différentes solutions apportées par les moines aux problèmes posés à la fois par leur institution elle-même et par les conjonctures. Il faudra y consacrer encore tout le dernier sous-chapitre pour essayer d'en prendre une vue plus générale.

Pour l'instant, nous sommes déjà en mesure de tirer cette conclusion : toute la vie monastique repose sur un équilibre délicat et donc toujours précaire. Sans revenir sur l'alliance nécessaire de la vie commune et de la solitude, de la stabilité ou de la conversion continue, il faut en effet que prière, travail et lecture s'harmonisent comme autant de moyens complémentaires de trouver Dieu. Bien plus, à l'intérieur de chacune de ces trois composantes, on voit que le moine doit maintenir une complexité inéluctable s'il veut que sa vie spirituelle soit authentique : la prière liturgique, communautaire, émanera d'hommes qui gardent constamment conscience de leur péché, et s'intériorisera ainsi en une supplication pleine de véhémence et de confiance ; le travail, par où l'homme devient adulte, laissera pourtant chacun dans une dépendance consentie qui est celle des enfants, ou des vrais pauvres (en esprit) ; la lecture enfin, tout orientée à faire naître l'amour des réalités surnaturelles, donnera un tour très particulier à la culture monastique. Ce n'est peut-être pas un hasard si l'on découvre à présent cette originalité [18], au moment où le peuple chrétien tout entier retrouvant, lui aussi, le sens chrétien de la liturgie, du travail et de la pauvreté, éprouve le besoin d'aller chercher dans la Bible et dans cette antique Tradition l'aliment nécessaire à une spiritualité rénovée.

HISTOIRE BÉNÉDICTINE ET TRADITION MONASTIQUE

L'histoire bénédictine peut se résumer en quelques lignes. Durant les VIe et VIIe siècles, la plupart des monastères préexistants en Occident se rallient à la Règle de saint Benoît, tandis que beaucoup de nouvelles maisons se voient fondées en Angleterre, en Gaule franque, en Belgique et dans les pays allemands : premier apogée qui se situe autour de l'an 700. Les Carolingiens donneront tout leur appui à la réforme de saint Benoît d'Aniane (durant la première moitié du IXe siècle), vite relayée par l'expansion de Cluny : c'est le second apogée, durant les Xe-XIe siècles. Le XIIe siècle voit naître toutes sortes de réformes plus ou moins hybrides, dont un tableau donnera plus loin la liste (p. 150-151), la plus célèbre de ces réformes étant de loin celle de Cîteaux, illustrée par la grande figure de saint Bernard. Ainsi donc, en somme, durant quelque six siècles, tous les chrétiens qui se vouent à la perfection en Occident se rattachent peu ou prou à saint Benoît.

À partir du XIIIe siècle au contraire, les ordres religieux naissent sans compter : d'abord les Franciscains et les Dominicains, plus tard la Compagnie de Jésus et tous les ordres plus modernes. Parallèlement, les fils de saint Benoît tombent dans une grande décadence. Les quelques réformes brillantes et fécondes, en particulier celle des Mauristes, aux XVIIe-XVIIIe siècles, ont un aspect très particulier dans la longue tradition bénédictine, et semblent faire du monachisme l'un d'entre les autres ordres religieux. Ce n'est que de nos jours, sous nos yeux, que les moines, tout particulièrement en France, mais en Amérique aussi ou dans la vieille Autriche, reprennent conscience de l'originalité de leur vocation dans l'Église du Christ.

Avant de nous demander par conséquent le sens de cette extraordinaire fortune historique, suivie d'une éclipse si complète et si générale, il faut essayer de préciser en quoi diffèrent les « moines » de ceux que le langage courant appelle « religieux », mot qui recouvre en fait tous les membres des ordres récents (je veux dire fondés à partir du XIIIe siècle, tout étant relatif). Tous, c'est bien évident, cherchent à mener une vie parfaitement évangélique – autant du moins qu'il est possible – et, pour ce faire, tous prennent l'engagement solennel des trois vœux de religion : pauvreté, chasteté, obéissance. Si les moines, comme nous l'avons vu, ont une formule un peu différente (stabilité, conversion des mœurs et obéissance), elle recouvre en fait celle des trois vœux classiques, et la différence ne peut donc être cherchée seulement de ce côté.

Partons de ce qui est le plus simple à délimiter : les « religieux » se groupent généralement dans un but défini : ils sont enseignants ou hospitaliers, ou bien voués à l'apostolat, à la presse catholique, que sais-je encore ? Les grands ordres, eux, par le fait même de leur développement, sont appelés à répondre aux multiples besoins de l'Église, mais ils n'en restent pas moins orientés dans un sens également déterminé : les Dominicains sont frères prêcheurs et maîtres en doctrine sacrée – sans pour autant qu'ils en aient le monopole – ; les Franciscains, marqués par leur Père saint François, s'adressent plutôt à des auditoires populaires ; quant aux Jésuites, les écoles et les missions occupent une bonne part de leurs activités, depuis l'origine de la Compagnie.

Mais les moines ? La question leur est souvent posée par des fidèles ou même par les religieux d'autres ordres, qui, habitués à classer par spécialisation, se demandent quelle peut bien être la différence spécifique des moines. Beaucoup répondent alors que leur rôle propre dans l'Église est d'assurer la prière commune ou, comme on dit un peu drôlement, les « beaux offices » (car les Dominicains ou les Franciscains ont eux aussi l'office au chœur). Mais on sait, à présent, combien une telle réponse est peu recevable, encore qu'elle commence à nous aiguiller sur une voie plus juste : la vie monastique est en effet certainement une vie de prière, ou, si l'on veut utiliser cette terminologie dangereuse, une vie contemplative.

En réalité, ce qui rend si difficile toute réponse à une pareille question sur le « spécifique du monachisme », c'est que, par le fait même, on pose le problème dans une optique tout à fait différente de celle qui est à l'origine de l'institution monastique. En bref, une telle définition est un anachronisme.

Nous sommes en effet dans une ère de spécialisation, comme Emmanuel Berl l'a bien montré. Or ce processus à peu près irréversible de notre civilisation commence à quelle époque ? Autour de l'an 1200. La naissance des ordres au sens moderne du mot, dans la première moitié du XIIIe siècle, manifeste précisément dans le domaine de la vie religieuse cette tendance nouvelle. L'institution monastique, elle, remonte à un âge antécédent ; il ne faut donc pas lui attribuer les préoccupations ultérieures.

Benoît ne s'est pas retiré à Subiaco puis au Mont-Cassin pour faire quelque chose de précis – non, pas même ni surtout pour chanter de beaux offices ! Aussi l'on ne pourrait sans abuser des mots prétendre qu'il a créé un ordre. Sans doute sa Règle prévoit-elle que bien des monastères seront amenés à la pratiquer, puisqu'elle se soucie des adaptations nécessaires de l'habillement en des climats différents. Mais pour autant saint Benoît ne lance point, à travers la chrétienté, une association nouvelle. On sait que, dans ce cas, le premier article des statuts se doit aujourd'hui de définir le but que se propose la société. Et de fait, cet objectif commun constitue le lien essentiel qui réunit les membres d'une telle association. Mais en même temps, il en limite la portée, et ouvre la possibilité à d'autres groupements parallèles ; c'est bien ce qui s'est passé dans les ordres religieux : chacun répondant à un besoin particulier, laissait la place à une congrégation complémentaire qui pût remplir les autres fonctions nécessaires à la vie de l'Église.

Saint Benoît, lui, n'appelle point ses disciples à une tâche donnée à l'avance. Il s'adresse dans le prologue de sa Règle à tous ceux qui veulent comme lui plaire à Dieu seul, et chercher à le servir vraiment (cf. *supra*, p. 10-12). En quoi, dira-t-on, un tel programme diffère-t-il de la vie la plus simplement, la plus universellement chrétienne ? En rien, c'est vrai. Il importe de comprendre ce point avant de faire les distinctions nécessaires. Un moine est d'abord un homme à tout faire. Certaines tâches semblent moins indiquées et la tradition monastique s'est bien souvent interrogée sur ce qui convenait ou non ; mais en fait, au cours de l'histoire, on a vu que les moines pouvaient servir à toute chose dans l'Église : tour à tour, et selon les besoins, ils ont été défricheurs, agents de commerce, hommes d'industrie.

Ils ont construit des églises par milliers, ouvert des routes, lancé des ponts, fondé foires et marchés. Ils ont été apôtres – convertissant une bonne partie de l'Europe – puis pasteurs d'âmes, mais aussi maîtres d'école, humanistes auxquels nous devons la transmission de la culture antique, théologiens, exégètes, canonistes, historiens, mathématiciens, médecins ; à l'occasion, même, ils ont joué le rôle de super-diplomates, conciliateurs entre les États ou bien encore entre le pape et l'empereur, artisans inlassables de l'unité dans une chrétienté qui n'était pas moins divisée que le monde d'aujourd'hui.

On a tellement répété tout cela que certaines expressions font l'effet de clichés : « les moines-défricheurs », ou encore « les savants bénédictins ». Mais l'on ne remarque pas suffisamment que ces hommes ont été capables de remplir tant bien que mal toutes ces tâches seulement dans la mesure où leur vocation ne les rivait point à une œuvre déterminée qui aurait été exclusive des autres. Ils n'ont pu faire de tout que parce qu'ils ne se sentaient faits spécialement pour rien de tout cela.

Répétons-le : on n'entre dans un monastère que pour y trouver Dieu plus pleinement. Mais comme Dieu peut se trouver partout et en tout, aucune activité n'est donc exclue de la vie des moines, du moment qu'elle peut se concilier d'une part avec les exigences les plus générales du régime claustral, et qu'elle se trouve d'autre part correspondre à la volonté plus particulière de Dieu sur chaque âme (c'est-à-dire à ce que nous appellerions la destinée de chacun, au sens chrétien de ce mot). Quoi que fasse le moine, sa tâche lui paraît toujours occasionnelle : c'est un moyen entre une infinité d'autres, mais c'est aussi le bon moyen puisqu'il lui est actuellement donné, pour s'unir à Dieu et coopérer à l'œuvre de la Création ou de la Rédemption. Le moment venu, il changera donc d'occupation sans regarder en arrière

– pour autant du moins qu'il se conduit bien réellement en moine –, montrant ainsi qu'il reste libre à l'égard de tout ce qui n'est jamais qu'une « occupation », le but de sa vie demeurant toujours au-delà, en Dieu.

Conclura-t-on que c'est là une vocation *contemplative* ? C'est encore trop dire, puisque ce mot – si du moins on l'entend au sens moderne, par opposition à toute œuvre active – rangerait encore le monachisme dans une catégorie déterminée. Sont contemplatifs les ordres qui assignent à leurs membres la contemplation comme activité propre et exclusive ; par exemple, les Carmélites. Que saint Benoît ait voulu pour ses disciples une vie aussi continuellement en présence de Dieu qu'il est possible, cela ne fait aucun doute. Que cette attitude suppose une large part faite à la prière et à l'oraison plus intime, la moindre expérience de la vie spirituelle devrait suffire à nous le faire admettre. Mais le but de la vocation monastique n'est pas la contemplation, c'est l'union à Dieu, que seule procure en définitive la charité ; étant du reste bien entendu que cette charité au sens le plus plein du mot – amour surnaturel de Dieu premièrement, et du prochain – s'exerce dans la vie de prière au maximum, mais non pas uniquement.

Autrement dit encore, la division en états de vie contemplative ou active est déjà une « spécialisation » que le monachisme ignore allègrement. Tout lui est bon de ce qui mène à Dieu. Et voilà pourquoi, durant six siècles, les monastères ont pu répondre à tous les besoins, indistinctement – et vaille que vaille, on le pense bien. Tout relatif qu'il soit, leur succès provient pourtant de ce que cette disponibilité universelle correspondait aux nécessités de l'heure.

Il semble bien y avoir en effet un rapport entre l'établissement des grands ordres et la conjoncture historique, trop constant pour qu'on puisse le croire fortuit. Ce n'est sans doute point par hasard que les ordres spécialisés sont nés au moment où, les rouages essentiels de notre civilisation occidentale étant enfin en place, l'ère de la spécialisation allait s'ouvrir. Comment les Dominicains auraient-ils pu s'établir avant l'essor des villes qui est l'un des faits marquants du XIIIᵉ siècle ? Les Franciscains arrivent à point pour prêcher la pauvreté à un monde qui entre alors, doucement mais sûrement, dans les voies de la prospérité économique ; et les Jésuites viendront à merveille au moment où les humanistes et la Réforme jettent l'Église dans le plus grand péril. Durant tous ces siècles où la civilisation semble si bien établie qu'elle en arrivera même à se croire immortelle, et à prétendre indûment se passer de toute religion, les moines subissent une éclipse presque aussi complète que leur influence avait été prédominante durant la période précédente.

C'est que saint Benoît vécut au contraire en un temps où la civilisation romaine perdait ses dernières chances ; le monastère qu'il a fondé s'adaptait spontanément à cet état de choses très différent que constitue l'interrègne d'un monde en ruines à un monde qui reste à bâtir. Toynbee a fort bien montré que c'était le temps particulièrement propice au réveil de la conscience religieuse.

N'allons pourtant pas imaginer saint Benoît se livrant à de savantes investigations sur la philosophie de l'histoire, et rédigeant sa Règle en prévision des temps à venir. Il est trop clair que l'Homme de Dieu ne songe qu'à organiser la vie monastique à l'intérieur de ce petit monde qu'est une abbaye, sans se préoccuper expressément ni de Rome, ni des Barbares, ni, encore moins, du Moyen Âge ! Il chercherait plutôt à enlever jusqu'au prétexte de rapports trop fréquents entre ce petit monde et le grand monde où l'on apprend si facilement à oublier Dieu. C'est ainsi que, parvenu à la fin de la première rédaction de sa Règle, juste avant les derniers chapitres additionnels plus tardifs, il écrit : *Le monas-*

tère doit, autant que possible, être disposé de telle sorte que l'on y trouve tout le nécessaire, à savoir de l'eau, un moulin, un jardin et des ateliers pour que l'on puisse pratiquer les divers métiers à l'intérieur de la clôture. De la sorte, les moines n'auront pas besoin de se répandre au-dehors, ce qui n'est pas du tout avantageux pour leurs âmes (R. 66).

Naturellement, une parfaite autarcie fut toujours impossible, même en des siècles où la vie, plus simple, permettait plus facilement à chacun de suffire par soi-même à ses propres besoins ; sans parler en outre des nécessités extraordinaires d'apostolat ou autres qui exigèrent dès l'origine que les moines sortent de leur solitude. Nous trouvons dans les *Dialogues* plusieurs exemples de ces contacts entre le Cassin et le monde, et la Règle de saint Benoît le reconnaît implicitement en légiférant au sujet des frères absents. Du moins, la tendance était nettement indiquée : un monastère doit constituer un milieu de vie, matérielle autant que spirituelle, qui soit à peu près autonome. En un temps d'écroulement où les vagues répétées de l'invasion barbare dissolvaient progressivement tous les centres nerveux de la civilisation romaine, saint Benoît instituait donc de petites cellules autonomes qui, de fait, et quelles qu'aient été les intentions primitives du législateur, constitueraient, au cours des âges à venir, autant de foyers rayonnants de vie économique, intellectuelle et spirituelle. C'est autour de tels points de ralliement que la nébuleuse primitive du monde instable issu des invasions s'organisa progressivement en une civilisation originale : la chrétienté médiévale.

Est-ce donc encore un hasard si, après l'éclipse dont nous avons parlé, et qui correspond au temps fort de la nouvelle civilisation occidentale (ce que l'on a appelé le monde moderne), le monachisme trouve un regain de vitalité incroyable, précisément en notre temps où nous nous apercevons à nos dépens que cette civilisation-là, elle aussi, est mortelle ? Il est évidemment encore beaucoup trop tôt pour pronostiquer ce que présage une telle résurrection. Disons seulement qu'elle est progressive.

En un premier temps, au cours du XIXe siècle, les moines ont été séduits par les fastueux souvenirs de l'apogée clunisien. Ils ont par conséquent rêvé leurs monastères sur ces modèles désormais périmés. Le Saint-Esprit, soufflant d'ailleurs en poupe et dirigeant des fondateurs de haute vertu, a permis que cette ambition s'exprime moins dans une spiritualité, demeurée sans prétention, que dans un certain style de vie très extérieur, en particulier dans l'architecture. On reconnaît à présent que Dom Guéranger, le prestigieux restaurateur de Solesmes, ne s'était pas tellement laissé prendre au mirage du Moyen Âge dans sa restauration de la liturgie qu'on a bien voulu le dire. Si bien que, la facilité aidant, chacun s'en va désormais répétant que le monachisme contemporain est « médiéval ».

Qu'il l'ait été au XIXe, il serait injuste de lui en faire un reproche, car, à vrai dire, l'attrait des romantiques pour le « gothique » fut de mode à peu près dans tous les domaines, et point seulement chez les moines. Mais à présent, nous en sommes loin, dans les monastères autant que dans le reste du monde. Dans les cloîtres – expression médiévale : on passe, en fait, si peu de sa vie dans le cloître, et bien davantage à l'église ou dans les lieux de travail – l'évolution de la vie subit nécessairement la répercussion de celle du monde ambiant ; en trente ans, le mode d'existence a considérablement changé dans tous les monastères de France et sans doute de la terre entière. Les perspectives ouvertes par le concile de Vatican II suscitent déjà bien des recherches et des expériences plus radicales, dont l'avenir jugera [19]. En tout cas, semble s'affirmer une tendance très générale à la vie simple : désormais dégagé des tâches adventices qu'il avait dû assumer au cours des siècles (et dont se chargent à présent les ordres spécialisés ou même les services sociaux civils), le monachisme se retrouve jeune comme jamais.

Aussi n'est-il pas étonnant que nombre de bons esprits se passionnent à présent pour les Pères du désert, allant parfois jusqu'à vitupérer l'histoire bénédictine qui aurait tout entière trahi son fondateur, en ne suivant point des prescriptions qui, dans leur fond, se rattachent à la spiritualité des premiers, grands, saints et insurpassables moines de l'Orient chrétien. Ce en quoi, pour le dire en passant, ils tombent peut-être à leur tour dans le piège de la nouvelle mode, qui en est au « ressourcement » (avantageux ou non, suivant qu'il sera fait avec ou sans discernement).

Mais on risque surtout de se méprendre alors gravement sur ce qu'est une tradition spirituelle. Ainsi posé, le débat n'est d'ailleurs point nouveau : c'est un rebondissement de la déplorable querelle – aujourd'hui heureusement apaisée – qui opposa durant des siècles Bénédictins et Cisterciens. Tous, ils étaient légitimes héritiers de saint Benoît. Mais cet héritage, les premiers prétendaient en conserver davantage l'esprit, tandis que les autres s'attachaient d'abord à garder autant que possible la lettre intégrale de la Règle. Débat spécieux : lettre et esprit ne sont point indépendants l'un de l'autre, mais les observances doivent incarner une spiritualité qui, sans elles, risquerait fort de n'être qu'illusion, tandis que la lettre est morte et elle tue si l'esprit ne vient la vivifier. Ces distinctions ne peuvent être que dans l'abstrait ; en fait, heureusement, jamais aucun monastère n'isola l'esprit ou la lettre de la Règle, à l'état pur.

Quel est au contraire l'apport de saint Benoît, comme de chacun des grands Maîtres spirituels ? Ce n'est point tant qu'il innove, car nous avons vu au contraire que

Une vie évangélique

ses devanciers avaient déjà formulé et pratiqué la vie cénobitique. Il apporte moins une idée qu'une vie, avec tout ce qu'elle peut avoir de familier et pourtant d'irréductible. Une vie, c'est-à-dire une synthèse originale, la synthèse, précisément, de l'esprit et de la lettre.

Nous pouvons en effet à présent essayer de préciser cette assertion, qui a dû paraître d'abord bien gratuite, que l'idéal monastique était tout simplement la vie évangélique, autrement dit, une vie aussi conforme que possible à l'enseignement et aux exemples de notre Seigneur Jésus. On doit bien deviner, évidemment, que ceci ne suffit point à caractériser la vie monastique : autrement, tout chrétien étant appelé à la sainteté devrait par le fait venir dans les rangs de la « forte milice des moines ». Conséquence absurde ! S'il n'y a point de différence *essentielle* entre la vocation des moines et la vocation chrétienne tout court, il n'en reste pas moins une différence de degré. Disons, si l'on veut, que l'Église est un seul édifice, mais à plusieurs étages.

Plus précisément, ce qui fait la vocation monastique, nous l'avons déjà indiqué brièvement à propos de saint Benoît (cf. p. 12-13), c'est que l'aspiration à l'union avec Dieu se manifeste, *s'incarne dans une forme de vie qui elle-même est sainte.* Ceci permet de juger combien est oiseux l'éternel grief des laïcs, que « l'on peut arriver à une aussi grande sainteté dans le monde que dans un cloître ». Eh ! qui donc le nierait ? Soyez donc ce saint-là, pour la plus grande gloire de Dieu ! Seulement, dans le monde, l'union à Dieu doit se réaliser au milieu de tâches profanes et d'une existence qui, tout en pouvant constituer la plus réelle et dure école de sainteté, n'y mènent pourtant pas, de soi ; la meilleure preuve en est que cette même vie-là peut être menée par qui n'a point la foi, ni par conséquent la charité. Alors que tout, dans un monastère, est prévu en fonction de cette vocation à la sainteté, pour la rappeler d'abord à des âmes trop volontiers oublieuses, pour les y inviter, leur en faciliter la réalisation lente, progressive et surtout continue, et enfin pour mettre sous les yeux, tant des moines que des simples fidèles, une sorte de miroir de la vie « en Église », telle que nous la vivrons au ciel.

Oh ! sans doute, le miroir est rendu bien imparfait et déformant par les défauts de tous les moines qui, pour avoir pris l'habit, n'en restent pas moins pauvrement des hommes faillibles ! On a trop abusé de l'adjectif « céleste » pour qu'il ne suscite un sourire plein d'amertume et de désillusion. Mais bien plus profondément, la tradition monastique n'en a pas moins raison d'appeler cette existence une « vie céleste », car la vie des moines est comme une prophétie, ou mieux comme « les prémices de cette nouvelle créature, dès à présent rachetée et glorifiée par la vivante Parole de Dieu [20] ».

Cette union de la vocation évangélique et d'une forme de vie parfaite, instituée sur mesure pour répondre au mieux à cet appel du Christ, est au principe de toute vie monastique dans l'Église. Mais la synthèse en est infiniment variable. Saint Benoît, tout en la reprenant quasi intégralement à la tradition antérieure, la modifia sensiblement. Pourquoi voudrait-on que ses disciples aient dû s'en tenir à une copie fidèle mais servile ?

On ne s'étonne pas que la vie communiquée par le Christ à son Église ait produit tant de saints, à tant d'égards si différents entre eux, si originaux, même par rapport à leur commun Maître. Toutes proportions gardées, pourquoi en serait-il autrement de ceux qu'on appelle « Maîtres spirituels » (bien qu'à vrai dire – au dire de Jésus – lui seul soit en eux le Maître et la sève) ?

Ce que saint Benoît transmit de façon aussi durable à ses fils, c'est non seulement une lettre ou un esprit, non seulement une règle ou un exemple, mais la vie du Christ, la tradition monastique, unique et multiforme, la sève qui circule, indifférenciée, dans le cep de vigne, jusqu'au bout du dernier des sarments, manifestant sa vigueur par le nombre et la diversité des branches, par les feuilles et les fruits. Cette sève-là, comment la caractériserait-on, en définitive, sinon comme le désir de Dieu, expression de son amour ?

Règle de saint Benoît*

PROLOGUE

Écoute, mon fils, les préceptes du Maître, et prête l'oreille de ton cœur. Reçois volontiers l'enseignement d'un si bon père et mets-le en pratique, afin de retourner par l'exercice de l'obéissance à celui dont t'avait éloigné la lâcheté de la désobéissance. C'est à toi donc maintenant que s'adresse ma parole, à toi qui que tu sois, qui renonces à ta volonté propre et prends les fortes et nobles armes de l'obéissance, pour combattre sous l'étendard du Seigneur Christ, notre véritable Roi.

Avant tout, demande-lui par une très instante prière qu'il mène à bonne fin tout bien que tu entreprends, en sorte que, après avoir daigné nous admettre au nombre de ses enfants, il n'ait pas sujet, un jour, de s'affliger de notre mauvaise conduite. Car en tout temps, il faut avoir un tel soin d'employer à son service les biens qu'il a mis en nous, que non seulement il n'ait pas lieu, comme un père offensé, de priver ses fils de leur héritage, mais encore qu'il ne soit pas obligé, comme un

---

* Rappelons que nous utilisons ici l'excellente traduction de *La Règle des moines*, Éd. de Maredsous, 1948, publiée par Dom Philibert Schmitz. Celui-ci a poussé l'amabilité jusqu'à vouloir bien revoir les extraits que nous en donnons ici, et qui en constituent l'armature spirituelle.

maître redoutable et irrité de nos méfaits, de nous livrer à la punition éternelle, tels de très mauvais serviteurs qui n'auraient pas voulu le suivre pour entrer dans la gloire.

Levons-nous donc enfin, l'Écriture nous y invite : *L'heure est venue*, dit-elle, *de sortir de notre sommeil* (Rom. XIII, 11). Ouvrons les yeux à la lumière qui divinise. Ayons les oreilles attentives à l'avertissement que Dieu nous adresse chaque jour : *Si vous entendez aujourd'hui sa voix, n'endurcissez pas vos cœurs* (Ps. 94, 8), et ailleurs : *Que celui qui a des oreilles entende ce que l'Esprit dit aux Églises* (Apoc. II, 7). Et que dit-il ? *Venez, mes fils, écoutez-moi, je vous enseignerai la crainte du Seigneur* (Ps. 33, 12). *Courez, pendant que vous avez la lumière de la vie, de peur que les ténèbres de la mort ne vous saisissent* (Jean XII, 35).

Le Seigneur cherchant son ouvrier dans la multitude du peuple à laquelle il fait entendre ces appels, dit encore : *Quel est celui qui désire la vie et souhaite de voir des jours heureux ?* (Ps. 33, 13). Que, si à cette demande, tu lui réponds : « C'est moi », Dieu te réplique : *Si tu veux jouir de la vie véritable et éternelle, garde ta langue de tout mauvais discours et tes lèvres de toute parole trompeuse ; détourne-toi du mal et fais le bien ; cherche la paix avec ardeur et persévérance* (Ps. 33, 14-15). Et lorsque vous agirez de la sorte, mes yeux veilleront sur vous et mes oreilles seront attentives à vos prières, et avant même que vous ne m'invoquiez, je vous dirai : *Me voici* (Is. LVIII, 9). Quoi de plus doux, frères très chers, que cette voix du Seigneur qui nous invite ? Voyez comme le Seigneur lui-même, dans sa bonté, nous montre le chemin de la vie.

Ceignons donc nos reins de la foi et de la pratique des bonnes œuvres ; sous la conduite de l'Évangile, avançons dans ses chemins, afin de mériter de voir un jour Celui qui nous a appelés dans son royaume. Si nous voulons habiter dans le tabernacle de ce royaume, sachons qu'on n'y parvient que si l'on y court par les bonnes actions.

Mais interrogeons le Seigneur en lui disant avec le prophète : *Seigneur, qui habitera dans votre tabernacle ? Qui reposera sur votre montagne sainte ?* (Ps. 14, 1). Après cette demande, mes frères, écoutons la réponse du Seigneur ; il nous montre la route de ce tabernacle en disant : *C'est celui qui marche sans tache et accomplit la justice : celui qui dit la vérité du fond de son cœur, qui n'a pas commis le dol par sa langue, qui n'a pas fait de tort à son prochain, ni accueilli des discours injurieux contre lui* (ibid. 2, 3). C'est celui qui, rejetant loin des regards de son cœur l'esprit malin qui le tente et les suggestions qu'il lui souffle, les réduit à rien, saisit les premiers rejetons de la pensée diabolique et les brise contre le Christ. Craignant le Seigneur, ils ne s'enorgueillissent pas de leur bonne observance, mais, reconnaissant que le bien qui se trouve en eux vient de Dieu et non d'eux-mêmes, ils glorifient le Seigneur qui opère en eux, et lui disent avec le prophète : *Non pas à nous, Seigneur, non pas à nous, mais à votre nom donnez la gloire* (Ps. 113, 1). De même l'apôtre saint Paul ne s'est rien attribué du succès de sa prédication, mais disait : *C'est par la grâce de Dieu que je suis ce que je suis* (I Cor. XV, 10), et encore : *que celui qui se glorifie, se glorifie dans le Seigneur* (II Cor. X, 17).

Aussi le Seigneur dit dans son Évangile : *Celui qui écoute mes paroles et les accomplit, je le comparerai à un homme sage qui a bâti sa maison sur la pierre ; les fleuves ont débordé, les vents ont soufflé et l'ont battue avec violence, mais elle n'est point tombée, parce qu'elle était fondée sur la pierre* (Matth. VII, 24 et suiv.).

Pour achever, le Seigneur attend de nous que nous

répondions chaque jour par nos œuvres à ses saintes leçons. S'il prolonge comme une trêve les jours de notre vie, c'est pour l'amendement de nos péchés, selon cette parole de l'Apôtre : *Ignores-tu que la patience de Dieu te convie à la pénitence ?* (Rom. II, 14). Car ce doux Seigneur affirme : *Je ne veux pas la mort du pécheur, mais qu'il se convertisse et qu'il vive* (Ézéch. XVIII, 23).

Lorsque nous avons demandé au Seigneur, mes frères, qui habitera dans son tabernacle, nous avons appris ce qu'il faut faire pour y demeurer. Puissions-nous accomplir ce qui est exigé de cet habitant !

Il faut donc préparer nos cœurs et nos corps aux combats de la sainte obéissance à ses commandements. Quant à ce qu'il y a de moins possible à nos forces naturelles, prions le Seigneur d'ordonner à sa grâce de nous prêter son aide. Et si, désireux d'éviter les peines de l'enfer, nous voulons parvenir à la vie éternelle, tandis qu'il en est temps encore et que nous sommes en ce monde et que nous pouvons accomplir toutes ces choses à la lumière de cette vie, courons et faisons, dès ce moment, ce qui nous profitera pour toute l'éternité.

C'est à cette fin que nous voulons fonder une école où l'on serve le Seigneur. Dans cette institution, nous espérons ne rien établir de rude ni de pesant. Si, toutefois, il s'y rencontrait quelque chose d'un peu rigoureux, qui fût imposé par l'équité pour corriger nos vices et sauvegarder la charité, garde-toi bien, sous l'empire d'une crainte subite, de quitter la voie du salut dont les débuts sont toujours difficiles. En effet, à mesure que l'on progresse dans la vie religieuse et dans la foi, le cœur se dilate, on court dans la voie des commandements de Dieu, rempli d'une douceur ineffable de dilection. Ne nous écartant donc jamais de son enseignement, et persévérant jusqu'à la mort dans la pratique de sa doctrine au sein du monastère, participons par la

Règle de saint Benoît

patience aux souffrances du Christ et méritons d'avoir une place dans son royaume. Amen.

CHAPITRE II –
DES QUALITÉS QUE DOIT AVOIR L'ABBÉ

L'abbé qui est jugé digne de gouverner le monastère doit se souvenir sans cesse du nom qu'il porte, et réaliser par ses actes le titre de « chef de famille ». On le regarde, en effet, comme tenant la place du Christ dans le monastère ; c'est pourquoi il porte le nom même donné au Seigneur, selon ces paroles de l'Apôtre : *Vous avez reçu l'esprit des enfants d'adoption, qui crie en nous* : *Abba, c'est-à-dire Père* (Rom. VIII, 15).

L'abbé ne doit donc rien enseigner, établir ou commander qui s'écarte des préceptes du Seigneur ; mais ses ordres et ses instructions doivent se répandre dans les âmes de ses disciples, comme un levain de la divine justice. L'abbé doit se souvenir sans cesse qu'au redoutable jugement de Dieu il devra rendre un compte exact de deux choses : de sa doctrine et de l'obéissance de ses disciples. Qu'il sache que l'on imputera à la faute du pasteur tout ce que le Père de famille trouvera de mécompte dans ses brebis. Au contraire, c'est pour autant qu'il aura consacré toute sa sollicitude pastorale à un troupeau turbulent et indocile, et dépensé tous ses soins pour guérir leurs maladies spirituelles, que lui-même, absous au jugement du Seigneur, pourra lui dire avec le prophète : *Je n'ai point caché votre justice, dans mon cœur : je leur ai dit votre vérité et votre salut, mais ils n'en ont fait aucun cas et ils m'ont méprisé* (Ps. 39, 11 et Is. I, 2). Alors, en punition, la mort frappera ces brebis qui ont été rebelles aux soins de leur pasteur.

Celui qui accepte la dignité d'abbé doit donc gouverner ses disciples par un double enseignement, c'est-à-dire qu'il lui faut inculquer ce qui est bon et saint par des actes plus encore que par des paroles. À ceux qui sont intelligents, il enseignera par ses discours les préceptes du Seigneur ; aux durs de cœur et aux simples, il les fera voir par son exemple. C'est aussi par ses actes qu'il apprendra à ses disciples à éviter ce qu'il leur aura dénoncé comme contraire à la loi divine, de peur qu'après avoir prêché aux autres, il ne soit lui-même réprouvé et que Dieu ne lui dise un jour à cause de ses péchés : *Pourquoi annonces-tu mes justices et déclares-tu mon alliance par ta bouche, toi qui hais la discipline et qui rejetais mes paroles ?* (Ps. 49, 16, 17). *Toi qui apercevais un fétu dans l'œil de ton frère, tu ne voyais pas la poutre dans le tien* (Matth. VII, 3).

Que l'abbé ne fasse point acception des personnes dans le monastère. Qu'il n'aime pas l'un plus que l'autre, si ce n'est celui qu'il trouvera plus avancé dans les bonnes actions et l'obéissance. L'homme libre ne sera pas préféré à celui qui sera venu de la servitude, à moins qu'il n'y ait à cela une autre cause raisonnable. Si l'abbé juge, pour un juste motif, pouvoir faire cette distinction, qu'il en use ainsi à l'égard de chacun, de quelque condition qu'il soit ; hormis le cas susdit, que chacun garde sa place ; car, libres ou esclaves, nous sommes tous un dans le Christ, et nous portons tous les mêmes armes au service d'un même Seigneur. *Auprès de Dieu, en effet, il n'y a pas acception de personnes* (Rom. II, 11). La seule chose qui nous distingue à ses yeux, c'est le fait d'être plus riches que d'autres en bonnes œuvres et en humilité. L'abbé témoignera donc à chacun une égale charité ; et il n'y aura pour tous qu'une même discipline, appliquée selon les mérites de chacun.

Dans son enseignement, l'abbé doit suivre toujours le modèle que lui donne l'Apôtre quand il dit : *Reprends, supplie, menace* (II Tim. IV, 2). Ainsi doit-il varier sa manière selon les circonstances, mêlant douceurs et menaces, montrant tantôt la sévérité d'un maître, tantôt la tendresse d'un père. Ainsi, encore, reprendra-t-il plus durement les indociles et les turbulents, tandis qu'il se contentera d'exhorter au progrès ceux qui sont obéissants, doux et patients. Quant aux négligents et aux rebelles, nous l'avertissons de les réprimander et de les corriger.

Qu'il ne ferme pas les yeux sur les péchés des délinquants. Mais qu'il les retranche autant qu'il le pourra, jusque dans leurs racines, aussitôt qu'il les verra naître, se souvenant du malheur d'Héli, grand prêtre de Silo (I Sam. II, 12 et suiv.). Pour ce qui est des âmes plus délicates et intelligentes, il lui suffira de les reprendre une fois ou deux par des admonitions ; tandis qu'il doit punir par des verges et autres châtiments corporels les méchants, les opiniâtres, les superbes et les désobéissants, et cela dès qu'ils commenceront à mal faire, sachant qu'il est écrit : *L'insensé ne se corrige point par des paroles* (Prov. XXIX, 19) et encore : *Frappe ton fils de la verge, et tu délivreras son âme de la mort* (Prov. XXIII, 14).

L'abbé doit toujours se rappeler ce qu'il est, se rappeler le nom qu'il porte ; savoir qu'il est exigé davantage de celui à qui plus a été confié. Qu'il considère combien difficile et laborieuse est la charge qu'il a reçue de conduire les âmes et de s'accommoder aux caractères d'un grand nombre. Tel a besoin d'être conduit par les caresses, tel autre par les remontrances, tel encore par la persuasion. L'abbé doit donc se conformer et s'adapter aux dispositions et à l'intelligence de chacun, en sorte qu'il puisse, non seulement préserver de tout dommage le troupeau qui lui est confié, mais encore se réjouir de l'accroissement de ce bon troupeau.

Avant tout, qu'il se garde de négliger ou de compter pour peu le salut des âmes qui lui sont commises, donnant plus de soin aux choses passagères, terrestres et caduques. Qu'il pense sans cesse que ce sont des âmes qu'il a reçues à conduire et qu'il devra en rendre compte. Et, de peur qu'il ne se préoccupe à l'excès de la modicité éventuelle des ressources du monastère, il se rappellera qu'il est écrit : *Cherchez d'abord le royaume de Dieu et sa justice : le reste vous sera donné par surcroît* (Matth. vi, 33) ; et encore : *Rien ne manque à ceux qui craignent Dieu* (Ps. 33, 10).

Qu'il sache donc bien que ce sont des âmes qu'il a reçues à conduire ; qu'il soit prêt à en rendre compte. Quel que soit le nombre des frères placés sous sa garde, qu'il tienne pour certain qu'au jour du jugement il répondra devant le Seigneur de toutes ces âmes, et de plus, sans nul doute, de la sienne propre. Vivant ainsi dans la crainte constante de cet examen qui attend le pasteur au sujet de ses brebis, c'est le souci même des comptes dus pour autrui qui le rendra attentif sur lui-même, et, en amendant les autres par ses avis, il se corrigera de ses propres défauts.

CHAPITRE LXIV –
DE L'ÉTABLISSEMENT DE L'ABBÉ

... Qu'il sache qu'il lui faut servir bien plus que dominer. Il doit donc être docte dans la loi divine, afin de savoir et d'avoir où puiser les maximes anciennes et nouvelles.

Qu'il soit chaste, sobre, indulgent ; que toujours il préfère la miséricorde à la justice, afin d'obtenir pour lui-même un traitement semblable. Qu'il haïsse les vices, mais qu'il aime les frères.

Dans la correction même, il agira avec prudence et sans excès : de crainte qu'en voulant trop racler la rouille, il ne brise le vase. Il aura toujours devant les yeux sa propre faiblesse, et se souviendra qu'il ne faut pas broyer le roseau déjà éclaté (cf. Is. XLII, 3). Et par là nous n'entendons pas qu'il puisse laisser les vices se fortifier, mais qu'il les détruise avec prudence et charité, en adaptant les moyens à chaque caractère, comme nous l'avons déjà expliqué.

Qu'il s'étudie plus à se faire aimer qu'à se faire craindre. Qu'il ne soit ni turbulent, ni inquiet ; qu'il ne soit ni excessif, ni opiniâtre ; qu'il ne soit ni jaloux, ni trop soupçonneux ; sinon il n'aura jamais de repos.

Dans ses commandements, il sera prévoyant et circonspect. Dans les tâches qu'il distribuera, soit qu'il s'agisse des choses de Dieu, soit de celles du siècle, il se conduira avec discernement et modération, et se rappellera la discrétion du saint patriarche Jacob, qui disait : *Si je fatigue mes troupeaux en les faisant trop marcher, ils périront tous en un jour* (Gen. XXXIII, 13).

Imitant donc cet exemple, et d'autres semblables, de la discrétion, cette mère des vertus, qu'il tempère tellement toutes choses que les forts désirent faire davantage et que les faibles ne se dérobent pas.

Par-dessus tout, qu'il observe tous les points de la présente Règle, afin qu'après avoir bien servi, il s'entende adresser par le Seigneur cette parole au bon serviteur qui avait distribué le froment, en temps opportun, à ses compagnons : *En vérité, je vous le dis, le Maître l'établira sur tous ses biens* (Matth. XXIV, 47).

CHAPITRE XXVII –
DE LA SOLLICITUDE QUE L'ABBÉ DOIT AVOIR À L'ÉGARD DES EXCOMMUNIÉS

L'abbé doit s'occuper en toute sollicitude des frères qui ont failli, parce que « *ce ne sont pas les bien portants qui ont besoin du médecin mais les malades* » (Matth. IX, 12). C'est pourquoi il doit, comme un sage médecin, user de tous les moyens. Il enverra des frères anciens et sages qui, comme en secret, consoleront le frère qui est dans le trouble et l'engageront à faire une humble satisfaction ; ils le soutiendront de peur qu'il ne soit accablé par un excès de tristesse ; mais, comme dit l'Apôtre, « *il faut redoubler de charité envers lui* » (II Cor. II, 8), et tous prieront à son intention.

L'abbé, en effet, doit avoir un soin tout particulier et s'empresser avec toute son adresse et toute son industrie, pour ne perdre aucune des brebis à lui confiées. Il doit savoir qu'il a reçu la charge de conduire des âmes faibles et non d'exercer sur des âmes saines une autorité tyrannique. Qu'il craigne donc la menace du prophète, par la bouche duquel Dieu dit : *Les brebis qui vous paraissaient grasses, vous les preniez pour vous, et celles qui étaient débiles, vous les rejetiez* (Ézéch. XXXIV, 3). Qu'il imite plutôt l'exemple de tendresse du bon Pasteur qui, ayant laissé dans les montagnes quatre-vingt-dix-neuf brebis, se mit en quête de l'unique brebis qui s'était égarée ; il eut de sa faiblesse une si grande compassion qu'il daigna la charger sur ses épaules sacrées et ainsi la rapporter au troupeau.

CHAPITRE III –
COMMENT IL FAUT PRENDRE L'AVIS DES FRÈRES

Toutes les fois qu'il y aura dans le monastère quelque affaire importante à décider, l'abbé convoquera toute la communauté et exposera lui-même ce dont il s'agit. Après avoir recueilli l'avis des frères, il délibérera à part soi et fera ensuite ce qu'il aura jugé le plus utile. Ce qui nous fait dire qu'il faut consulter tous les frères, c'est que souvent Dieu révèle à un plus jeune ce qui est meilleur.

Les frères donneront leur avis avec toute humilité et soumission. Ils n'auront donc pas la présomption de soutenir effrontément leur manière de voir, mais il dépendra de l'abbé de décider ce qui vaut le mieux ; et tous alors devront s'y soumettre. Cependant, tout comme il convient que les disciples obéissent au maître, ainsi faut-il également que le maître dispose tout avec prévoyance et équité.

En toutes choses, donc, tous suivront la Règle comme un maître, et personne ne se permettra de s'en écarter à la légère. Que nul dans le monastère ne suive la volonté de son propre cœur ; que nul n'ait la hardiesse de contester avec son abbé insolemment, ou hors du monastère. Si quelqu'un avait cette témérité, il serait soumis à la correction régulière.

L'abbé, toutefois, doit faire toutes choses dans la crainte de Dieu et selon la Règle, persuadé que, sans doute aucun, il aura à rendre compte de toutes ses décisions à Dieu, ce juge souverainement équitable.

Pour les affaires moins importantes qui intéressent le bien du monastère, l'abbé prendra seulement le conseil des anciens, selon ce qu'il est écrit : *Fais tout avec conseil, et, après coup, tu ne t'en repentiras pas* (Eccli. XXXII, 24).

CHAPITRE IV –
QUELS SONT LES INSTRUMENTS DES BONNES ŒUVRES

Avant tout, aimer le Seigneur de tout son cœur, de toute son âme, de toute sa force.
Ensuite, le prochain comme soi-même.
Ensuite, ne point tuer.
Ne point commettre d'adultère.
Ne point voler.
Ne point convoiter.
Ne point porter faux témoignage.
Honorer tous les hommes.
Ne point faire à autrui ce que nous ne voudrions pas qu'on nous fît.
Se renoncer à soi-même pour suivre le Christ.
Châtier son corps.
Ne pas embrasser les délices.
Aimer le jeûne.
Soulager les pauvres.
Vêtir ce qui est nu.
Visiter les malades.
Ensevelir les morts.
Secourir ceux qui sont dans la tribulation.
Consoler les affligés.
Rompre avec les manières du siècle.
Ne rien préférer à l'amour du Christ.
Ne point se mettre en colère.
Ne point se réserver un temps pour la vengeance.
Ne pas nourrir de fausseté dans son cœur.

Règle de saint Benoît

Ne point donner une fausse paix.
Ne jamais perdre la charité.
Ne point jurer, de peur de se parjurer.
Dire la vérité de cœur comme de bouche.
Ne point rendre le mal pour le mal.
Ne faire injure à personne, mais supporter patiemment celles qu'on nous fait.
Aimer ses ennemis.
Ne pas maudire ceux qui nous maudissent mais plutôt les bénir.
Souffrir persécution pour la justice.
N'être point orgueilleux.
Ni adonné au vin.
Ni grand mangeur.
Ni endormi.
Ni paresseux.
Ni murmurateur.
Ni détracteur.
Mettre en Dieu son espérance.
Si l'on voit en soi quelque bien, le rapporter à Dieu et non à soi-même.
Se reconnaître, au contraire, toujours comme auteur du mal qui est en soi et se l'imputer.
Craindre le jour du jugement.
Redouter l'enfer.
Désirer la vie éternelle de toute l'ardeur de son âme.
Avoir chaque jour devant les yeux la menace de la mort.
Veiller à toute heure sur les actions de sa vie.
Tenir pour certain qu'en tout lieu Dieu nous voit.
Briser contre le Christ les pensées mauvaises sitôt qu'elles naissent dans le cœur, et les découvrir à un père spirituel.
Garder sa langue de tout propos mauvais ou pernicieux.
Ne pas aimer à beaucoup parler.
Ne pas dire de paroles vaines ou qui portent à rire.
Ne point aimer le rire trop fréquent ou aux éclats.

Entendre volontiers les saintes lectures.

S'appliquer fréquemment à la prière.

Confesser chaque jour à Dieu dans la prière avec larmes et gémissements ses fautes passées, et, de plus, se corriger de ces maux.

Ne pas accomplir les désirs de la chair.

Haïr sa volonté propre.

Obéir en tout aux ordres de l'abbé, si même, ce qu'à Dieu ne plaise, il agit autrement ; se souvenant du précepte du Seigneur : *Faites ce qu'ils disent, mais ce qu'ils font, gardez-vous de le faire* (Matth. XXIII, 3).

Ne pas vouloir passer pour saint avant de l'être, mais le devenir d'abord, en sorte qu'on soit estimé tel avec plus de vérité.

Accomplir, tous les jours, par ses œuvres les préceptes du Seigneur.

Aimer la chasteté.

Ne haïr personne.

Ne pas avoir de jalousie.

Ne point agir par envie.

Ne pas aimer à contester.

Fuir l'élèvement.

Vénérer les anciens.

Aimer les plus jeunes.

Par amour du Christ, prier pour ses ennemis.

Se réconcilier, avant le coucher du soleil, avec qui est en discorde avec nous.

Et ne jamais désespérer de la miséricorde de Dieu.

Voilà quels sont les instruments de l'art spirituel. Si, jour et nuit, sans relâche, nous nous en servons, quand, au jour du jugement, nous les remettrons, le Seigneur nous donnera la récompense qu'il a promise lui-même : *Ce que l'œil n'a pas vu, ce que l'oreille n'a pas entendu, ce que Dieu a préparé pour ceux qui l'aiment* (I Cor. II, 9).

Or l'atelier où nous devons travailler diligemment avec tous ces instruments, c'est le cloître du monastère avec la stabilité dans la communauté.

CHAPITRE V – DE L'OBÉISSANCE

L'obéissance accomplie sans délai est le premier degré de notre état d'humilité. Elle convient à ceux qui n'ont rien de plus cher que le Christ. Mus par le service sacré dont ils ont fait profession, ou par la crainte de l'enfer, ou par le désir de la gloire éternelle, dès que le supérieur a commandé quelque chose, ils ne peuvent souffrir d'en différer l'exécution, tout comme si Dieu lui-même en avait donné l'ordre. C'est d'eux que le Seigneur dit : *Dès que son oreille a entendu, il m'a obéi* (Ps. 17, 45). Et il dit encore à ceux qui enseignent : *Qui vous écoute m'écoute* (Luc x, 16).

Ceux qui sont dans ces dispositions, renonçant aussitôt à leurs propres intérêts et à leur propre volonté, quittent ce qu'ils tenaient à la main et laissent inachevé ce qu'ils faisaient. Ils suivent d'un pied si prompt l'ordre donné que, dans l'empressement qu'inspire la crainte de Dieu, il n'y a pas d'intervalle entre la parole du supérieur et l'action du disciple ; toutes deux s'accomplissent au même moment. Ainsi agissent ceux qui aspirent ardemment à la vie éternelle.

C'est pour cela qu'ils entrent dans la voie étroite dont parle Notre-Seigneur, lorsqu'il dit : *Étroite est la voie qui conduit à la vie* (Matth. VII, 14). Aussi, ne vivant plus à leur gré et n'obéissant plus à leurs désirs ni à leurs inclinations, ils marchent au jugement et au commandement d'autrui, et souhaitent de se soumettre à un abbé dans un monastère. Assurément les hommes de cette trempe imitent l'exemple de Notre-Seigneur qui dit : *Je ne suis pas venu faire ma volonté, mais la volonté de Celui qui m'a envoyé* (Jean VI, 38).

Mais cette obéissance ne sera bien reçue de Dieu et agréable aux hommes que si l'ordre est exécuté sans trouble, sans retard, sans tiédeur, sans murmure, sans parole de résistance. Car l'obéissance rendue aux supérieurs, c'est à Dieu qu'on la rend, puisqu'il a dit : *Qui vous écoute m'écoute* (Luc X, 16). Et c'est de bon cœur que les disciples doivent obéir parce que *Dieu aime celui qui donne joyeusement* (II Cor. IX, 7).

Si, au contraire, le disciple obéit, mais s'il le fait de mauvais gré, s'il murmure non seulement de bouche mais encore dans son cœur, même s'il exécute l'ordre reçu, cet acte ne sera pas agréé de Dieu, qui voit dans sa conscience le murmure. Bien loin d'en être récompensé, il encourt la peine des murmurateurs, s'il ne se corrige et ne fait pénitence.

CHAPITRE LXVIII –
DU CAS OÙ L'ON ENJOINDRAIT À UN FRÈRE
DES CHOSES IMPOSSIBLES

S'il arrive qu'on enjoigne à un frère des choses difficiles ou impossibles, il recevra en toute mansuétude et obéissance le commandement qui lui est fait. Cependant, s'il estime que le poids du fardeau dépasse entièrement la mesure de ses forces, il représentera au supérieur les raisons de son impuissance, mais il le fera avec patience et à propos, et sans témoigner ni orgueil, ni résistance, ni contradiction. Que si après cette représentation le supérieur maintenait son ordre, l'inférieur se persuadera que la chose lui est avantageuse, et il obéira par amour, en mettant sa confiance dans l'aide de Dieu.

CHAPITRE VII – DE L'HUMILITÉ

La divine Écriture, mes frères, nous crie : *Quiconque s'élève sera humilié, et qui s'humilie sera élevé* (Luc XIV, 11). En parlant ainsi, elle nous apprend que tout élèvement est une espèce d'orgueil ; et c'est ce dont le prophète déclare se garder lorsqu'il dit : *Seigneur, mon cœur ne s'est point exalté et mes yeux ne se sont pas élevés : je n'ai point marché dans les grandeurs ni dans les merveilles au-dessus de moi.* Mais que m'arriverait-il ? *Si je n'avais pas eu d'humbles sentiments, si j'avais exalté mon âme, vous me traiteriez comme l'enfant qu'on enlève du sein de sa mère* (Ps. 130, 1-2).

Si donc, mes frères, nous voulons atteindre au sommet de l'humilité parfaite, et parvenir rapidement à cette grandeur céleste à laquelle on monte par l'abaissement dans la vie présente, il faut, par l'ascension même de nos actions, gravir cette échelle qui apparut en songe à Jacob. Il y voyait des anges descendre et monter. Cette descente et cette montée assurément ne signifient pas autre chose sinon que l'on descend par l'élèvement et que l'on monte par l'humilité. L'échelle en question, c'est notre vie en ce monde, que le Seigneur dresse vers le Ciel, si notre cœur s'humilie. Les deux côtés de cette échelle figurent notre corps et notre âme ; sur ces côtés, l'appel divin a disposé divers échelons d'humilité et de perfection à gravir.

Le premier degré d'humilité consiste à se remettre toujours devant les yeux la crainte de Dieu, et à fuir toute négligence, se rappelant sans cesse tout ce que

Dieu a commandé. On repassera constamment dans son esprit, d'une part comment la géhenne brûle, pour leurs péchés, ceux qui méprisent Dieu, et comment d'autre part la vie éternelle récompense ceux qui le craignent. Se gardant, à toute heure, des péchés et des vices de la pensée, de la langue, des mains, des pieds et de la volonté propre, ainsi que des désirs de la chair, l'homme estimera que Dieu, du haut du ciel, le voit à tout moment, qu'en tout lieu le regard de la divinité atteint ses actes, sans compter que les saints anges ne cessent de les lui rapporter.

Le prophète nous fait entendre ces vérités, lorsqu'il affirme que nos pensées sont toujours présentes à Dieu : *Dieu scrute les reins et les cœurs* (Ps. 7, 10) ; et de même : *Le Seigneur connaît les pensées des hommes* (Ps. 93, 11), et encore : *Vous avez compris de loin mes pensées* (Ps. 138, 3), et : *La pensée de l'homme vous sera découverte* (Ps. 75, 11). Aussi, pour être vigilant sur ses pensées perverses, le vrai moine répétera toujours dans son cœur : *Je serai sans tache devant lui, si je me tiens en garde contre mon iniquité* (Ps. 17, 24).

Pour ce qui est de notre volonté propre, il nous est défendu de la suivre par l'Écriture en ces termes : *Renonce à tes volontés* (Eccli. XVIII, 30) et, de plus, nous demandons à Dieu dans l'oraison dominicale que sa volonté s'accomplisse en nous.

C'est donc avec raison qu'on nous enseigne de ne pas faire notre volonté. Par là, nous prenons garde à ce que dit l'Écriture : *Il y a des voies qui semblent droites aux hommes et dont le terme aboutit au fond de l'enfer* (Prov. XVI, 25) ; par là encore nous nous préservons de ce qui est écrit des négligents : *Ils se sont corrompus et se sont rendus abominables par leurs passions* (Ps. 52, 2). Quant aux désirs de la chair, croyons aussi que Dieu nous est toujours présent, suivant la parole du prophète au Seigneur : *Tous mes désirs sont exposés à vos yeux* (Ps. 37, 10).

Il faut, par conséquent, se garder du désir mauvais, parce que la mort est placée à l'entrée même du plaisir. C'est pourquoi l'Écriture nous donne ce commandement : *Tu ne suivras pas tes convoitises* (Eccli. XVIII, 30).

Si donc les yeux du Seigneur considèrent les bons et les méchants, si, du haut du ciel, le Seigneur regarde continuellement les enfants des hommes, pour voir *s'il en est un qui ait l'intelligence et qui cherche Dieu* (Ps. 13, 2) : si, enfin, les anges commis à notre garde lui rapportent quotidiennement, jour et nuit, nos actions, concluons, mes frères, qu'à toute heure nous devons être vigilants. Craignons, en effet, que, selon la parole du Psalmiste, Dieu ne nous surprenne à quelque moment dévoyés dans le péché et devenus bons à rien (Ps. 52, 4). S'il use d'indulgence en ces temps-ci, parce qu'il est bon et attend que nous nous corrigions, redoutons qu'il ne nous dise un jour : *Tu as fait cela, et je me suis tu* (Ps. 49, 21).

Le deuxième degré d'humilité consiste à ne pas aimer sa volonté propre, ni à se complaire dans l'accomplissement de ses désirs, mais bien plutôt à se conformer dans sa conduite à cette parole du Seigneur : *Je ne suis pas venu faire ma volonté, mais celle de celui qui m'a envoyé* (Jean VI, 8). N'est-il pas écrit encore : *Le plaisir encourt la peine, l'effort procure la couronne ?* (texte non scripturaire, mais qui se lit dans certains Actes de martyrs).

Le troisième degré d'humilité réclame la soumission au supérieur en toute obéissance, pour l'amour de Dieu, à l'imitation du Seigneur, dont l'Apôtre dit : *Il s'est fait obéissant jusqu'à la mort* (Phil. II, 8).

Le quatrième degré d'humilité est la patience qu'embrasse la conscience, au point d'obéir silencieusement, quelque durs et contrariants que soient les ordres reçus, et fût-on même victime de toutes sortes d'injustices ; tenant bon, sans se lasser ni reculer, car l'Écriture dit : *Celui qui aura persévéré jusqu'à la fin sera sauvé* (Matth. XXIV, 13), et ailleurs : *Prends courage et attends le Seigneur* (Ps. 26, 14). Et pour nous montrer que le serviteur fidèle doit supporter pour le Seigneur toutes choses, même les adversités, l'Écriture dit, au nom de ceux qui souffrent : *C'est pour vous, Seigneur, que nous sommes livrés à la mort durant tout le jour ; nous sommes considérés comme des brebis destinées à être tuées* (Ps. 43, 22). Et ceux qu'anime l'espoir assuré de la récompense divine, ajoutent avec joie : *Mais en toutes ces épreuves nous remportons la victoire, grâce à Celui qui nous a aimés* (Rom. VIII, 37). L'Écriture dit encore en un autre endroit : *Vous nous avez éprouvés, Seigneur, vous nous avez fait passer par le feu, comme l'argent dans le creuset ; vous nous avez pris dans le filet, vous avez amassé les tribulations sur nos épaules* (Ps. 65, 10, 11). Et pour nous apprendre que nous devons vivre sous un supérieur, elle ajoute : *Vous avez établi des hommes sur nos têtes* (Ps. 65, 12).

Ainsi par la patience dans les adversités et les injures, les humbles pratiquent le précepte du Seigneur : si on les frappe sur une joue, ils tendent l'autre ; si on leur ôte leur tunique, ils abandonnent leur manteau ; si on les contraint de faire un mille, ils en font deux ; avec l'apôtre Paul, ils supportent les faux frères, et ils bénissent ceux qui les maudissent (Matth. V, 39-41).

Le cinquième degré d'humilité consiste à découvrir à son abbé, par un humble aveu, toutes les pensées mauvaises qui viennent à l'âme ainsi que les fautes qu'on aurait commises en secret. L'Écriture nous exhorte à cette pratique lorsqu'elle dit : *Révèle ta conduite au Seigneur et espère en lui* (Ps. 36, 5). Et encore : *Confessez-vous au Seigneur, parce qu'il est bon, parce que sa misé-*

ricorde est à jamais (Ps. 105, 1). De même le prophète : *Je vous ai fait connaître mon péché, et je n'ai pas caché mon iniquité, j'ai dit : je proclamerai contre moi mes transgressions au Seigneur, et, du coup, vous m'avez pardonné l'impiété de mon cœur* (Ps. 31, 5).

Le sixième degré d'humilité est atteint lorsqu'un moine se trouve satisfait de tout ce qu'il y a de vil et de bas ; lorsqu'en toutes les occupations qu'on lui donne, il s'estime indigne et incapable d'y réussir, disant avec le prophète : *J'ai été réduit à rien et je ne sais rien ; je suis devenu comme une bête de somme devant vous et je suis toujours avec vous* (Ps. 72, 22, 23).

Le septième degré d'humilité consiste non seulement à se proclamer des lèvres le dernier et le plus vil de tous, mais aussi à le croire du fond de son cœur, s'humiliant et disant avec le prophète : *Pour moi je suis un ver et non un homme ; je suis l'opprobre des hommes et le rebut du peuple ; j'ai été élevé, puis humilié et couvert de confusion* (Ps. 21, 7 et 87, 16). Et ailleurs : *Il m'est bon d'avoir été humilié par vous, afin que j'apprenne vos commandements* (Ps. 118, 71).

Le huitième degré d'humilité demande qu'un moine ne fasse rien que ce qui est prescrit par la Règle commune du monastère ou conseillé par les exemples des supérieurs.

Le neuvième degré d'humilité fait que le moine défende à sa langue de parler, et, pratiquant la retenue dans ses paroles, garde le silence jusqu'à ce qu'on l'interroge. Selon l'enseignement de l'Écriture, en effet, *on ne saurait éviter le péché en parlant beaucoup* (Prov. x, 19), et *le bavard ne marche pas droit sur la terre* (Ps. 114, 12).

Le dixième degré d'humilité veut qu'on ne soit ni enclin ni prompt à rire, car il est écrit : *Le sot, en riant, élève la voix* (Eccli. XXI, 23).

Le onzième degré d'humilité c'est que le moine, dans ses propos, s'exprime doucement et sans rire, humblement et avec gravité, brièvement et raisonnablement, évitant les éclats de voix, ainsi qu'il est écrit : *On reconnaît le sage à la sobriété de son langage* (texte des Sentences du pythagoricien Sextus, Ier siècle après J.-C.).

Le douzième degré d'humilité comporte qu'un moine non seulement possède cette vertu dans son cœur, mais encore la manifeste au-dehors par son attitude. À l'Œuvre de Dieu, à l'oratoire, dans le monastère, au jardin, en chemin, aux champs, qu'il soit assis, en marche, ou debout, il aura toujours la tête inclinée, les yeux baissés : se sentant à toute heure chargé de ses péchés, il se voit déjà traduit devant le tribunal redoutable de Dieu, et répète dans son cœur ce que le publicain de l'Évangile disait, les yeux fixés à terre : *Seigneur, je ne suis pas digne, moi pécheur, de lever les yeux vers le ciel* (Luc XVIII, 13), et encore avec le prophète : *Je me tiens courbé et humilié de toute manière* (Ps. 118, 107).

Après avoir gravi tous ces degrés d'humilité, le moine parviendra bientôt à cet amour de Dieu, qui, s'il est parfait, bannit la crainte ! Grâce à cette charité, il accomplira sans peine, comme naturellement et par habitude, ce qu'auparavant il n'observait qu'avec frayeur. Il n'agira plus sous la menace de l'enfer, mais par amour du Christ, sous l'effet d'une sainte accoutumance et de l'attrait délectable des vertus. C'est la grâce que Notre-Seigneur daignera manifester par le Saint-Esprit dans son serviteur purifié de ses défauts et de ses péchés.

CHAPITRE XIX –
DES DISPOSITIONS À APPORTER À LA PSALMODIE

Nous avons foi que Dieu est présent partout et que ses yeux considèrent en tout lieu les bons et les méchants. Mais surtout, il faut être fermement assuré qu'il en est ainsi lorsque nous assistons à l'office divin. Ayons donc toujours dans la mémoire ce que dit le prophète : *Servez le Seigneur dans la crainte* (Ps. 2, 11). Et encore : *Psalmodiez avec sagesse* (Ps. 46, 8). Et : *Je vous chanterai en présence des anges* (Ps. 137, 1). Considérons donc comment nous devons nous tenir en la présence de la Divinité et de ses Anges, et conduisons-nous dans la psalmodie de manière que notre esprit concorde avec notre voix.

CHAPITRE XX –
DE LA RÉVÉRENCE À GARDER DANS LA PRIÈRE

Si, lorsque nous avons une requête à présenter aux puissants de la terre, nous ne l'osons faire qu'avec humilité et respect, à plus forte raison faut-il supplier le Seigneur Dieu de l'univers en toute humilité et pureté de dévotion. Sachons bien que ce n'est pas l'abondance des paroles, mais la sincérité du cœur et la componction qui nous rendront dignes d'être exaucés. La prière doit donc être brève et pure, à moins que peut-être la grâce de l'inspiration divine ne nous incline à la prolonger.

Mais en communauté, la prière sera très courte, et, sur le signal du supérieur, tous se lèveront en même temps.

CHAPITRE LII – DE L'ORATOIRE DU MONASTÈRE

L'oratoire sera ce que signifie son nom. On n'y fera et on n'y déposera rien d'étranger à sa destination. Après l'Œuvre de Dieu, tous les frères sortiront dans un profond silence, et ils auront pour Dieu la révérence qui lui est due ; en sorte que, si peut-être un frère veut y prier en particulier, il n'en soit pas empêché par l'importunité d'autrui. D'ailleurs, si, à d'autres moments, un moine désire faire secrètement oraison, qu'il entre simplement et qu'il prie : non pas avec des éclats de voix, mais avec larmes et ferveur du cœur. À qui ne se conduirait pas ainsi on ne permettra donc pas de demeurer à l'oratoire après l'Œuvre de Dieu ; de peur, comme il a été dit, qu'il ne gêne autrui.

CHAPITRE XXXI –
DES QUALITÉS QUE DOIT AVOIR
LE CELLÉRIER DU MONASTÈRE

On choisira pour cellérier du monastère un des frères qui soit sage, d'esprit mûr, sobre, pas grand mangeur, ni hautain, ni turbulent, ni porté à l'injure, ni lent, ni prodigue, mais craignant Dieu, et qui soit comme un père pour toute la communauté.

Qu'il ait soin de tout ; qu'il ne fasse rien sans l'ordre de l'abbé ; qu'il exécute ce qui lui est commandé, qu'il ne contriste pas les frères. Si l'un d'eux vient à lui demander quelque chose qui ne soit pas raisonnable, qu'il ne l'attriste pas en le rebutant avec mépris, mais qu'il lui refuse avec raison et avec humilité ce qu'on lui demande mal à propos.

Qu'il veille à la garde de son âme, se souvenant toujours de cette parole de l'Apôtre : *Celui qui aura bien administré, s'acquiert un rang élevé* (I Tim. III, 13).

Il prendra un soin tout particulier des malades, des enfants, des hôtes et des pauvres, dans la conviction qu'au jour du jugement il devra rendre compte pour eux tous.

Il regardera tous les meubles et tous les biens du monastère comme les vases sacrés de l'autel. Qu'il ne tienne rien pour négligeable. Qu'il ne soit ni avare, ni prodigue, ni dissipateur des biens du monastère. Il fera plutôt toutes choses avec mesure, et conformément aux ordres de l'abbé.

Avant tout qu'il ait l'humilité et, s'il ne peut accorder ce qu'on lui demande, qu'il donne au moins une bonne réponse selon qu'il est écrit : *Une bonne parole vaut mieux qu'un don excellent* (Eccli. XVIII, 17).

Il aura soin de tout ce que l'abbé lui aura prescrit, et il ne s'ingérera pas dans ce qu'il lui aura défendu. Il servira aux frères, sans hauteur ni délai, la portion qui leur revient, afin de ne pas les scandaliser, se souvenant du châtiment dont la parole divine menace celui qui aura scandalisé un des plus petits.

Si la communauté est nombreuse, il recevra des aides, afin que, assisté par eux, il puisse remplir sa charge l'âme en paix. On donnera et on demandera aux heures convenables ce qui doit être donné et demandé, afin que personne ne soit troublé ni contristé dans la maison de Dieu.

CHAPITRE XXXIV –
SI TOUS DOIVENT RECEVOIR ÉGALEMENT LE NÉCESSAIRE

On fera comme il est écrit : *On partageait à chacun selon ses besoins* (Act. IV, 35). Par là, nous ne disons pas qu'on fasse acception des personnes – ce qu'à Dieu ne plaise – mais qu'on ait égard aux infirmités. Celui qui a besoin de moins, rendra grâce à Dieu et ne s'attristera point ; celui à qui il faut davantage, s'humiliera pour son infirmité et ne s'élèvera point à cause de la miséricorde qu'on lui fait. Ainsi tous les membres seront en paix.

Avant tout, que jamais n'apparaisse le vice du murmure, pour quelque raison que ce soit, ni en parole, ni en un signe quelconque. Que si quelqu'un en est reconnu coupable, il sera soumis à une correction sévère.

CHAPITRE LVII – DES ARTISANS DU MONASTÈRE

S'il y a des artisans dans le monastère, ils exerceront leur art en toute humilité, à la condition que l'abbé le leur permette. Si l'un d'eux venait à s'enorgueillir de ce qu'il sait faire, se persuadant qu'il apporte quelque profit au monastère, on lui interdira l'exercice de son métier et il ne s'en occupera plus, à moins qu'il ne se soit humilié et que l'abbé ne lui ait commandé d'y retourner.

Si l'on doit vendre des ouvrages de ces artisans, ceux qui feront la transaction se garderont bien de commettre

Règle de saint Benoît

aucune fraude. Ils se souviendront toujours d'Ananie et de Saphire, de peur que la mort que ceux-ci subirent dans leur corps, ils ne la subissent dans leur âme, eux et tous ceux qui commettraient de la fraude au sujet des biens du monastère.

Pour ce qui concerne les prix, on veillera à ce que l'avarice ne s'y glisse pas. Au contraire on vendra un peu moins cher que les séculiers, afin qu'en toutes choses Dieu soit glorifié.

CHAPITRE LXXII –
DU BON ZÈLE QUE DOIVENT AVOIR LES MOINES

Comme il y a un zèle d'amertume, mauvais, qui sépare de Dieu et conduit en enfer, de même il y a un bon zèle qui éloigne des vices, et conduit à Dieu et à la vie éternelle. C'est ce zèle que les moines doivent pratiquer avec une ardente charité, c'est-à-dire ils s'honoreront mutuellement de leurs prévenances. Ils supporteront très patiemment les infirmités d'autrui, tant celles du corps que celles de l'esprit. Ils s'obéiront à l'envi les uns aux autres. Nul ne recherchera ce qu'il juge utile pour soi, mais bien plutôt ce qui l'est pour autrui. Ils se rendront chastement les devoirs de la charité fraternelle. Ils auront pour Dieu une crainte inspirée par l'amour : ils auront pour leur abbé une dilection humble et sincère. Ils ne préféreront absolument rien au Christ, lequel daigne nous conduire tous ensemble à la vie éternelle.

LA TRADITION BÉNÉDICTINE

Parmi tant d'écrits monastiques, nous laisserons systématiquement de côté les innombrables paraphrases spirituelles et morales de l'Écriture sainte ou des Pères de l'Église ; de saint Grégoire le Grand à saint Bernard, elles remplissent des tomes et des tomes de la Patrologie de Migne ; mais c'est un domaine encore bien peu exploité, malgré les récents travaux de Dom Jean Leclercq ou de ses émules, et, d'autre part, leur intérêt venant moins d'une originalité – qu'ils auraient plutôt fuie – que de l'esprit religieux dont ces textes témoignent, il serait difficile d'en donner une idée à travers des extraits nécessairement courts. De même, il faut réserver pour d'autres volumes possibles de cette collection les œuvres des grands « Maîtres spirituels » bénédictins : saint Grégoire le Grand († 604), saint Anselme († 1109), sainte Gertrude († 1302), Louis de Blois († 1566) ou Dom Claude Martin († 1696).

Nous citerons par conséquent seulement trois textes, qui se répartissent à travers trois époques bien différentes de l'histoire monastique. SMARAGDE *était abbé de Saint-Mihiel au début du IXe siècle. Son livre* Le Diadème des moines *fut en son temps un des classiques de la spiritualité monastique, lu assidûment dans les abbayes. La* Lettre *de* PIERRE LE VÉNÉRABLE, *abbé de Cluny, à saint Bernard (1144), ainsi que le* Traité des Études monastiques *de* MABILLON *(1691), sont au contraire écrits dans le feu d'une polémique brûlante. Nous avons précisément choisi ces trois textes parce que, sur des points à la fois essentiels et difficiles – respectivement :* alliance de la prière du cœur et de la prière vocale, de la charité dans le respect d'observances divergentes de la même Règle bénédictine, *enfin* des études et de l'ascèse intellectuelle –, *ils témoignent du même esprit, de la même fameuse « discrétion » vantée par saint Benoît comme la mère de toutes les vertus, et cherchent à donner une réponse apaisante et mesurée.*

Ajoutons ce dernier trait, à la fois piquant et significatif : c'est un moine de Cîteaux qui a bien voulu nous rendre le service de dactylographier la Lettre de Pierre le Vénérable, ainsi du reste que la plus grande part des textes de cette anthologie (merci à lui !). Preuve manifeste, entre beaucoup d'autres, que les querelles d'autrefois sont à présent bien dépassées, et que tous les fils spirituels de saint Benoît se retrouvent, par-delà leurs observances propres, dans un même amour du Christ et de la vie monastique.

Le Diadème des moines de Smaragde (IXe siècle)

La prière vient du cœur, non des lèvres. En effet, ce n'est pas aux paroles du suppliant que Dieu prête l'attention, mais il regarde le cœur de celui qui le prie. Que si le cœur prie en silence, et que la voix se taise, quoique cette prière soit cachée aux hommes, elle ne peut pas être cachée à Dieu qui est présent dans la conscience. Et il est meilleur de prier le cœur en silence, sans bruit de voix, que par des mots seuls, sans attention de l'esprit. « Ce ne sont pas nos voix mais nos désirs qui parlent pour nous au plus secret des oreilles de Dieu. Même si nous demandons la vie éternelle de bouche sans la désirer de cœur, tout en criant nous nous taisons. Si au contraire nous désirons de cœur alors que notre bouche est muette, tout en nous taisant nous crions. De là vient que, dans le désert, alors que le peuple fait grand vacarme *(autour du Veau d'or)* et que Moïse se tait, loin du bruit des paroles, c'est celui qui garde le silence qu'entend l'oreille de la bonté divine *(expression reprise de la liturgie :* pateant aures misericordiae tuae, Domine*)*, et Dieu lui dit : "Pourquoi cries-tu vers moi ?" Elle est donc au-dedans de nous, dans notre désir, cette secrète clameur qui ne parvient pas aux oreilles humaines et remplit cependant l'ouïe du Créateur » *(longue citation tirée de saint Grégoire le Grand,* Mor. L. XXII, c. 17*).*

Il ne faut jamais crier sans gémissements ; car le souvenir de nos fautes doit engendrer la tristesse *(du regret).* Tandis que nous prions, en effet, nous remettons en mémoire notre faute, et nous reconnaissons alors davantage que nous sommes coupables. C'est pourquoi, lorsque nous nous présentons devant Dieu, nous devons gémir et pleurer, nous rappelant la gravité des fautes que nous avons commises et la dureté des supplices de l'enfer que nous devrions redouter. Après l'oraison, que l'âme demeure dans les mêmes dispositions. Car l'oraison ne sert de rien si on commet de nouveau ce pour quoi on a sollicité le pardon...

Nous prions avec vérité quand notre pensée n'est pas ailleurs. Car nous ne pouvons obtenir les dons divins que si nous prions dans la simplicité du cœur. Ainsi, quand nous sommes en oraison, devons-nous veiller et nous appliquer à prier de tout notre cœur, de manière à éloigner toute pensée de la chair ou du monde : que l'âme ne pense alors à rien d'autre qu'au seul objet de sa prière. C'est pourquoi le prêtre prépare le cœur des frères en disant : *Sursum corda*, pour que, tandis que le peuple répond : *Habemus ad Dominum*, il soit averti qu'il ne doit penser à rien d'autre qu'au Seigneur...

... Il est bon de prier toujours de cœur, bon aussi de faire résonner sa voix et de glorifier Dieu par des hymnes spirituelles. Ce n'est rien de chanter avec la voix seule sans application du cœur. Mais, comme le dit l'Apôtre : « Vous avertissant les uns les autres, sous l'inspiration de la grâce, que vos cœurs s'épanchent vers Dieu en psaumes, hymnes et cantiques spirituels » (Col. III, 16). C'est-à-dire qu'il ne faut pas psalmodier seulement avec sa voix mais avec son cœur...

De même que la prière nous redresse (en nous permettant de triompher des tentations), l'étude des psaumes nous charme. La psalmodie a l'avantage de consoler les cœurs attristés, d'enseigner aux âmes la reconnaissance, de charmer les blasés, d'exciter les paresseux, d'inviter les pécheurs à se lamenter. Aussi durs en effet que soient nos cœurs de chair, dès que la douceur d'un psaume a retenti, elle infléchit les âmes vers des sentiments de piété. Ce n'est pas la modulation de la voix, mais seulement les paroles divines dont la prononciation doit émouvoir le chrétien ; cependant, je ne sais comment, les modulations de celui qui chante font naître dans le cœur un plus grand regret du péché...

Dans la vie présente, nous répandons nos prières pour obtenir des remèdes à nos péchés, mais le chant des psaumes dit la perpétuelle louange de Dieu dans la gloire éternelle, ainsi qu'il est écrit : « Heureux ceux qui habitent dans votre maison, ils vous loueront dans les siècles des siècles » (Ps. 83). Celui qui accomplit ce mystère avec fidélité et attention vit en quelque sorte avec les anges. C'est pourquoi le psalmiste dit ailleurs : « Je chanterai pour vous en présence des anges » (Ps. 137). Car telle est la vertu de la psalmodie que celui qui s'y livre d'un cœur pur au milieu des hommes semble chanter au ciel avec les anges. Aussi l'Apôtre dit-il : « Prévenez-vous les uns les autres en des psaumes, des hymnes, et des cantiques, en chantant en vos cœurs » (Col. III, 16).

Nous devons donc chanter, psalmodier et louer le Seigneur plutôt avec notre âme qu'avec notre voix ; tel est le sens de l'expression : « Chantant en vos cœurs ».

Car lorsque le cœur est attentif, la voix qui psalmodie prépare un chemin au Dieu Tout-Puissant, pour qu'il répande dans l'âme tournée vers lui le sens des prophéties ou la grâce du regret de ses fautes passées... Tandis que nous chantons, frayons lui donc un chemin pour qu'il vienne à notre cœur et nous enflamme de la grâce de son amour...

« L'oraison nous purifie, la lecture nous instruit. Les deux sont bonnes si l'on peut les faire toutes les deux ; sinon, il est meilleur de prier que de lire. Celui qui veut être toujours avec Dieu doit souvent prier et souvent lire. Quand nous prions, c'est nous qui parlons avec Dieu ; mais quand nous lisons, c'est lui qui nous parle. Tout progrès procède de la lecture et de la méditation : Ce que nous ignorons, nous l'apprenons par la lecture, et ce que nous avons appris, nous le conservons par la méditation. La lecture des Saintes Écritures nous confère un double don : elle instruit l'intelligence, et, arrachant l'homme aux vanités du monde, elle le conduit à l'amour de Dieu » (Isidore de Séville, Sent. III, c. 8).

– L'application à la lecture est double en effet : d'abord pour comprendre ce qui est écrit, ensuite pour discerner à quelle fin c'est écrit. Il est raisonnable que chacun soit d'abord préparé à comprendre ce qu'il lit, puis qu'il soit capable de mettre en œuvre ce qu'il a appris. Car la loi de Dieu comporte à la fois récompense et châtiment : récompense pour ceux qui l'observent en vivant bien, mais châtiment pour ceux qui la méprisent en vivant mal. L'Écriture sainte appelle à la patrie du ciel l'âme de son lecteur et détourne son cœur des désirs terrestres pour lui faire saisir les biens d'en haut ; par ses passages plus obscurs, elle exerce l'intelligence ; elle caresse les petits par l'humilité de sa parole ; et sa lecture préserve de l'ennui. Et elle élève par ses sublimités ceux qu'elle aide par ses humbles paroles... Lorsque le texte de la Sainte Écriture paraît fade, le sens de la divine parole n'éveille rien dans l'âme du lecteur et n'allume en son esprit aucune étincelle d'intelligence. Mais au contraire, s'il cherche des règles pour bien vivre et y apprend comment, dans les démarches de son cœur, placer le pied de ses bonnes œuvres *(allusion à une image fréquente dans l'Écriture)*, il trouve dans le texte sacré d'autant plus de profit qu'il progresse lui-même davantage. Parfois, l'âme éprouve que les paroles de la Sainte Écriture sont source de vie mystique, si, enflammée par la grâce divine, elle s'élève à la contemplation des réalités célestes. La vertu de la parole sacrée apparaît en effet étonnante et ineffable quand l'amour divin pénètre l'âme de celui qui la lit.

(Extrait de SMARAGDE : Le Diadème des moines, *chap.* 1, 2, 3 ; *Éd. de La Pierre-Qui-Vire*, 1948.*)*

Lettre de Pierre le Vénérable à saint Bernard (1144)

... La charité est la seule et unique cause qui m'engage à vous écrire.

Je compte bien qu'elle sera toujours intacte entre nous et je ne désespère pas de la voir, grâce à vous, tous les jours mieux gardée qu'elle ne l'a été jusqu'à présent par vos religieux et les miens. Car pour ce qui est de l'affection que depuis longtemps je vous ai vouée au fond du cœur, je crois bien que les grandes eaux et les fleuves débordés ne pourraient la déraciner ou l'éteindre. D'ailleurs, j'en ai fait plusieurs fois l'expérience et j'ai vu qu'en effet elle a résisté au choc de grandes masses d'eau et au courant de fleuves impétueux... Mais étant l'un et l'autre des pasteurs qui comptons dans nos bergeries d'innombrables brebis du Christ, et qui avons reçu l'ordre « de bien connaître notre troupeau » (Prov. XXVII, 23), nous devons voir si nous le connaissons en effet : est-il en bon état ou non, est-il bien ou mal portant, est-il ou n'est-il pas en vie ? Mais qu'ai-je besoin de me demander si mon troupeau est bien portant ? Ne sais-je pas qu'il n'est même plus en vie, s'il faut en croire le disciple bien-aimé du Sauveur qui nous dit : « Ceux qui n'ont plus la charité sont frappés de mort » (I Jn. III, 14) ? S'il en est ainsi des chrétiens qui n'ont plus la charité, que sera-ce de ceux qui ont substitué la détraction et la haine à la charité ? De quelle mort ne sont-ils pas frappés si les premiers en ont déjà reçu les atteintes ? Mais pourquoi m'exprimé-je de la sorte ?

C'est que je vois que plusieurs brebis de votre bercail et du mien se sont déclaré une guerre ouverte, et que ceux qui devraient, plus que personne, vivre unis par la charité dans la maison de Dieu, ont cessé de s'aimer les uns les autres ; et pourtant « ils servent le même Seigneur, et marchent sous les drapeaux du même roi ! » *(expressions reprises de la Règle).* Les mêmes noms les désignent, ce sont des chrétiens et des religieux ! Sous le joug de la même foi et dans les liens de la même règle, ils cultivent le champ du même maître, et l'arrosent également de leurs sueurs, bien qu'ils le fassent chacun à leur manière. Mais avec le titre de chrétiens et dans la profession de la vie religieuse, ils nourrissent au fond de leur âme je ne sais quelle secrète et coupable division qui empêche leurs cœurs de ne faire qu'un, comme il semblerait que ce dût être... Voilà comment il arrive – on ne saurait trop en gémir ni le déplorer avec des larmes trop abondantes – voilà, dis-je, comment il arrive que l'archange orgueilleux, après avoir été précipité du haut du ciel, s'y installe à nouveau, et voyant son trône renversé du côté de l'aquilon où il avait tenté de s'établir, le relève et le consolide au midi, c'est-à-dire à l'endroit le plus éclatant du ciel.

N'est-ce pas ce qui a eu lieu et ne peut-il se vanter d'avoir agi ainsi, quand après avoir chassé Celui qui ne saurait habiter au milieu d'âmes que le ressentiment aigrit, mais qui se complaît au sein de la charité fraternelle, il domine ensuite en tyran sur les hommes dont la vie est toute céleste et la conduite exemplaire ? Est-il possible de retenir ses gémissements et ses larmes quand, après avoir vu le fort de l'Évangile *(le Christ)* vaincre le fort armé qui depuis longtemps gardait en paix l'entrée de sa demeure, chasser de son empire le prince de ce monde et renverser du cœur de simples fidèles le trône de celui qui est appelé le roi des enfants de l'orgueil, on s'aperçoit que Satan rétablit dans le cœur des moines son injuste domination, détruite partout ailleurs ? Dieu veuille que celui que le Sauveur a tellement affaibli qu'il peut désormais être chargé des fers par les servantes du Christ et devenir le jouet de ses serviteurs comme un oiseau captif, ne se joue pas d'eux à son tour et ne les réduise pas à un honteux esclavage.

D'où vient cette animosité réciproque ? Pourquoi ces détractions mutuelles ? Qu'ont-ils à se déchirer ainsi les uns les autres ? Qu'on fasse connaître les causes de toutes ces divisions, je ne demande que cela, et si, des deux côtés, on a des griefs fondés, qu'on les soumette au jugement d'arbitres intègres, pour qu'ils mettent fin à toutes ces discussions. Eh bien ! donc, répondez, quels reproches faites-vous à votre frère ? C'est vous que j'interpelle, mon frère de Cluny, car pour simplifier les choses, je veux donner un nom propre à chacun des deux camps ; vous donc, religieux de Cluny ou de Cîteaux, quels griefs avez-vous contre votre frère de Cîteaux ou de Cluny ? Est-il question entre vous de la possession d'une ville, d'un château, d'une villa, d'un domaine ou d'une pièce de terre grande ou petite ? S'agit-il d'une somme d'or ou d'argent, de quelque trésor enfin ? Voyons, dites, parlez, expliquez-vous ! On a des juges prêts à terminer le procès à l'instant même, et des juges d'une équité à toute épreuve. Il sera bien facile de rétablir la paix entre vous et de cicatriser les blessures dont souffre la charité, quand on saura que toutes vos divisions ont pris naissance dans l'une ou l'autre de ces choses. Mais je vois que vous avez tous les deux renoncé à ces biens-là, que vous ne vous êtes rien réservé sur la terre, et que, riches de votre seule pauvreté, vous n'aspirez désormais qu'au bonheur de marcher sur les traces de Jésus-Christ, pauvre lui-même ; ce n'est donc pas de ce côté que je devais chercher la cause de vos discordes ; mais je ne renonce point à la trouver, je ne me donnerai ni repos, ni trêve que je n'aie découvert sur ce point la vérité tout entière.

Peut-être vos divisions n'ont-elles d'autre source qu'une différence d'usages et d'observances monastiques ? Mais si telle est, en effet, la cause d'un si grand mal, je la trouve non seulement très déraisonnable, mais encore on ne peut plus sotte et puérile, si vous me permettez de le dire sans détour. Ne vous semble-t-il pas, en effet, qu'il n'est rien de déraisonnable, de puéril et de sot comme ce qui va contre toutes les données de la raison et du sens commun ? Or, pour quelques différences dans les usages et pour une diversité inévitable dans une infinité de choses, les serviteurs du Christ peuvent-ils fouler aux pieds les devoirs de la charité ?...

– Vous trouvez surprenant que des hommes qui ont embrassé le même institut et qui font profession de la même règle aient des usages différents ? À cela je réponds que toutes ces divergences ne signifient absolument rien, dès que, malgré cela, les uns et les autres n'en font pas moins leur salut. Qu'importe, en effet, que les sentiers suivis et les routes parcourues ne soient pas les mêmes, si on arrive au même endroit, si on parvient également à la vie éternelle, si, enfin, les uns et les autres nous conduisent à la même patrie, à la même Jérusalem ?...

Bien certainement, c'est avec la même simplicité d'intention que vous observez sans aucune exception tous les jeûnes prescrits par la règle, tant ceux qui tombent en hiver que ceux qui arrivent en été ; car vous tenez à ne point déroger aux traditions et à multiplier vos mérites par la rigueur de vos privations. (Toutefois, qu'il me soit permis de dire ici toute ma pensée sur le sujet qui nous occupe : j'aimerais mieux qu'on ne jeûnât point pendant l'octave de Noël, ni les jours de l'Épiphanie et de la Purification, attendu que ce sont des fêtes de Notre-Seigneur). De son côté, c'est avec la même simplicité d'intention, que les autres religieux exceptent du jeûne non seulement les jours de fêtes dont je viens de parler, mais aussi toutes les solennités de douze leçons *(c'est-à-dire les fêtes du rite double majeur)*, et cela également pour honorer Notre-Seigneur, les apôtres et les saints, et dans la pensée d'imiter la plupart des pieux religieux qui ne jeûnent pas autrement... *(Pierre le Vénérable examine alors le différend entre les partisans des deux observances. Sur ce point, Cîteaux l'emporte aisément. L'argumentation de l'abbé de Cluny reste pourtant victorieuse, quand elle rappelle que rien de tout cela ne saurait autoriser une polémique où la charité avait été profondément blessée.)*

Mais à quoi bon multiplier les exemples ? Si l'on veut bien y regarder de près, on s'apercevra qu'au fond de toutes les autres différences qu'on peut relever encore, se trouve une seule et même pensée, la charité, ou le désir de procurer le salut des âmes, comme on voudra l'appeler, de sorte qu'en effet toute divergence, toute dissonance disparaissent, car la charité les montre toutes sous un seul et même point de vue.

Je ferai pourtant une remarque au sujet de toutes ces variantes, c'est qu'il n'y en a presque aucune qui touche aux prescriptions mêmes de la règle ; la plupart ne sont qu'une simple extension donnée à quelques-uns de ces points, ou des mitigations introduites par l'abbé ; d'ailleurs, quand même elles auraient été imposées en vertu de l'obéissance, rien n'empêche qu'elles ne l'eussent été avec d'excellentes intentions et sans blesser la charité évangélique ; car il n'est personne qui ne sache que toutes ces observances sont de la nature des choses qui peuvent varier et qu'on ne doit pas craindre de changer, en effet, dès que la charité le réclame. En se plaçant à ce point de vue, on n'appréhendera jamais de pécher en n'observant pas à la lettre la règle dont on fait profession, car celle de notre saint fondateur est évidemment subordonnée à la grande, générale et sublime règle de la charité, dont la Vérité même a dit : « En elle se résument la loi tout entière et les prophètes. » Si toute la loi lui est subordonnée, la loi introduite par notre règle en dépend donc aussi ; d'où il suit qu'un religieux qui fait profession de suivre la règle de saint Benoît, notre père, est sûr de l'observer, quelques modifications qu'il y introduise ou qu'il en repousse, dès qu'il ne fait rien de contraire à la charité.

Eh bien ! mes frères, s'il en est ainsi, ne vous semble-t-il pas maintenant qu'il ne peut plus se trouver entre vous de cause de discordes ? Vos cœurs ne se rapprocheront-ils pas, à présent que les différences qui les sépareraient se sont fondues dans la charité ? Ne voyez-vous pas en effet que celle qui conduit au bien suprême, à la vie éternelle, les religieux qui, dans le même ordre et sous la même règle, se sanctifient par des pratiques différentes, mais bonnes, fond toutes ces divergences en un seul et même tout ? Que la paix règne donc désormais dans ton sein, Jérusalem, afin que tu nages ensuite dans l'abondance, selon le vœu du Psalmiste.

Mais pour qu'il ne s'en trouve pas parmi nous qui acclament la paix quand la paix n'est pas faite, voyons

La tradition bénédictine

s'il reste encore quelque cause de division, de peur qu'après que nous nous serons livrés sans crainte au sommeil, soudain le serpent ne sorte de son antre et ne nous perce de son dard dans notre imprudente sécurité.

Eh bien ! veuillez le dire vous-même, mon cher frère, vous qui avez gardé la robe noire *(donc les clunisiens)*, car il convient que je m'adresse d'abord à celui qui a embrassé la même vie que moi ; rendez gloire à Dieu et dites-moi franchement ce que vous avez au fond du cœur contre votre frère. « C'est qu'on nous préfère les nouveaux religieux à nous qui sommes plus anciens ; c'est que l'on se déclare pour leurs tendances au mépris de ce que font les nôtres ; enfin c'est que l'on semble faire moins de cas de nous que d'eux et les avoir en plus grande affection que nous ; voilà ce qui nous paraît intolérable. Peut-on voir, en effet, d'un œil indifférent, une foule de gens délaisser un ordre aussi ancien que le nôtre pour cet ordre nouveau venu, abandonner les voies depuis si longtemps frayées pour se porter en foule dans des sentiers encore inconnus ? En vérité, on ne saurait voir de sang-froid les nouveaux préférés aux anciens, les jeunes aux vieux, les blancs aux noirs. » Tel est le langage que vous tenez, vous qui êtes en habit noir.

Mais voyons ce que le religieux blanc dit de son côté. « Que nous sommes heureux, s'écrie-t-il, notre vie est plus sainte et plus recommandable, le monde lui-même ne peut se défendre, en nous comparant aux autres, de nous trouver plus heureux, car il voit notre réputation éclipser la leur, leur éclat pâlir devant le nôtre, et leur astre s'éteindre aux rayons de notre soleil. La vie religieuse était perdue, nous l'avons retrouvée ; notre ordre expirait, nous l'avons rappelé à la vie ; notre apparition a été la juste condamnation de tous ces religieux tièdes, languissants et dégénérés ; nous différons d'eux par notre genre de vie et notre conduite, par nos usages et nos habits mêmes, nous avons fait ressortir leur relâchement à tous les yeux, en montrant chez nous une incontestable ferveur. »

Eh bien oui ! voilà en effet la vraie cause des dissensions qui se sont élevées entre vous ; et, pour être plus cachée, elle n'en est pas moins funeste à la charité ; c'est elle qui a partagé vos maisons en deux camps ennemis, et qui souvent a aiguisé vos langues comme la pointe d'un glaive pour la détraction et la médisance, ainsi que disait le Psalmiste (Ps. 139, 4). Mais si vous êtes sages, vous parerez les coups mortels de cette épée, avec le glaive de la parole de Dieu, et vous empêcherez que la vaine gloire ne jette au vent une moisson arrosée de tant de sueurs...

(Cité d'après l'édition Vivès des Œuvres *de saint Bernard, tome I, lettre 229, Paris, 1865, p. 307 et suiv. Pour un dossier plus complet de la controverse, cf. Dom Wilmart,* Revue bénédictine, *1934, p. 296-344, et Dom J. Leclercq,* ibid., *1957, p. 77-94.)*

Traité des études monastiques de Mabillon (1691)

C'est une illusion de certaines gens qui ont écrit dans le siècle précédent *(donc les humanistes du XVIe siècle)*, que les monastères n'avaient été d'abord établis que pour servir d'écoles et d'académies publiques, où l'on faisait profession d'enseigner les sciences humaines. Pour peu que l'on soit versé dans la connaissance de l'antiquité, on découvrira aisément la fausseté de cette supposition imaginaire ; et on sera persuadé au contraire que ç'a été l'amour de la retraite et de la vertu et non des sciences, le mépris des choses du monde et la fuite de sa corruption, qui ont donné occasion à ces saints établissements.

En un mot, que ç'a été le désir de suivre Jésus-Christ en abandonnant toutes ces choses, et que ces paroles de saint Pierre que nous lisons dans l'Évangile : « Voilà que nous avons tout quitté pour vous suivre », que ces paroles, dis-je, ont peuplé les déserts et les cloîtres de solitaires, comme l'a remarqué saint Bernard.

Tant s'en faut que le désir d'acquérir les sciences humaines ait été le motif que l'on a eu d'abord dans l'établissement des communautés religieuses, on peut assurer au contraire que ces sciences mêmes ont été comprises dans le mépris que l'on y faisait de toutes choses... Ce mépris des auteurs profanes n'était (du reste) pas particulier à ceux qui s'engageaient dans la profession religieuse ; il était commun pour lors à tous les ecclésiastiques... *(Mabillon donne ici quelques exemples.)* Il n'y a donc pas lieu de s'étonner que ceux qui s'engageaient à la vie monastique renonçassent absolument à l'étude des sciences profanes ; mais il y aurait lieu d'être surpris s'ils avaient renoncé à l'étude des Écritures saintes, qui faisaient pour lors toute la science des ecclésiastiques. Ce n'est pas que leur principal dessein fût de s'appliquer à fond à cette science : car non seulement tous n'en étaient pas capables, mais même ceux qui avaient toutes ces dispositions pour entrer plus avant dans ces connaissances, n'en faisaient pas le principal sujet de leur application. Ils n'y donnaient communément qu'autant de temps qu'il en fallait pour nourrir leurs âmes de cette manne divine, et pour y puiser les règles de la conduite qu'ils devaient tenir dans la pratique des vertus chrétiennes et religieuses, des préceptes et des conseils qui étaient le principal, pour ne pas dire l'unique motif de leur retraite. Ils ne considéraient donc toutes les autres connaissances et toutes les sciences que par rapport à ce premier dessein : et après avoir méprisé toutes celles qui étaient dangereuses ou inutiles, ils ne se servaient même des autres qu'autant qu'elles pouvaient contribuer à les approcher de ce but. Il y avait tel solitaire à qui un seul verset de l'Écriture suffisait pendant une ou plusieurs années pour occuper son esprit et son cœur ; et il ne croyait pas en devoir apprendre ou méditer un autre jusqu'à ce qu'il eût exactement pratiqué ce que prescrivait le premier...

... Voilà quel doit être l'esprit des solitaires et des moines. Il faut qu'ils fassent leur capital de la pratique des vertus chrétiennes et religieuses, de la vie pénitente, de la fuite et du mépris du monde et d'eux-mêmes ; et qu'ils ne considèrent les sciences, et même la science de l'Écriture sainte, qu'en tant qu'elles peuvent les rendre plus capables de parvenir à cette fin (I, chap. 1er).

Après avoir montré par de multiples exemples (chap. 2-7) que telle fut bien la pratique des études dans les monastères, Mabillon va plus loin et montre comment elles sont nécessaires pour entretenir la ferveur :

Les sentiments que Dieu répand dans nos âmes (...) sont sujets à diverses altérations. Dieu en suspend quelquefois le cours, et il veut même que nous contribuions de nous-mêmes à nourrir et entretenir ces bons sentiments par la retraite et la solitude, par le silence, par les bonnes lectures et par la prière. Il est vrai que son onction nous suffit : mais cette onction est passagère, et n'est même pas accordée à tous ; il faut y suppléer par les voies ordinaires que Dieu a établies, qui sont celles que je viens de marquer.

Or comment garder longtemps la retraite, la solitude et le silence, sans le secours de l'étude ? On ne peut pas toujours vaquer à la contemplation et à la prière : ce don n'est pas accordé à tout le monde. L'oraison même et la contemplation ont besoin d'être nourries et entretenues par de pieuses pensées... que l'on puise dans la lecture... Sans ce secours l'oraison est sèche et languissante, et devient ennuyeuse ; la retraite et le silence insupportables ; et il faut chercher au-dehors de misérables consolations dans de vains entretiens et dans les créatures, parce qu'on est privé de celles que Dieu communique aux saintes âmes qui ne s'occupent que de lui.

On dira peut-être que le travail peut suppléer au défaut de l'étude. Mais le travail même a besoin d'onction pour être fait religieusement. Travailler sans piété c'est peu de chose, et la piété ne peut s'entretenir régulièrement sans le secours des bonnes lectures. Ces lectures doivent être proportionnées à la portée des esprits... (I, chap. 8).

Ce n'est pas que l'on prétende qu'il ne puisse y avoir quelques inconvénients dans les études qui se font dans les monastères par le mauvais usage de ceux qui s'y appliquent : mais où ne s'en trouve-t-il pas ? On abuse de tout : et ne peut-on pas dire qu'il y en a encore plus dans le défaut de science ?...

Il est vrai que la science peut causer l'élèvement et l'enflure du cœur, et que cela n'arrive que trop souvent, lorsqu'elle n'est pas précédée ou accompagnée de l'exercice de la vertu, surtout de la charité et de l'humilité chrétienne. C'est pourquoi il est nécessaire, avant que les religieux soient appliqués à l'étude, que l'on ait eu grand soin de les former dans la pratique de la vertu ; et il faut retirer des études ceux qui n'en font pas un bon usage : mais on ne croit pas qu'il faille pour cela en défendre l'exercice universellement aux autres. On voit des ignorants superbes et vains aussi bien que des savants, et il arrive assez rarement qu'une personne qui a beaucoup de lumière tombe dans ces excès de vanité auxquels sont sujets quelquefois ceux même qui n'ont que de très médiocres connaissances... (I, chap. 13).

D'autres, étant possédés d'une curiosité inquiète, passent d'objets en objets, sans s'arrêter à aucun... Cette curiosité peut venir de différents principes. Le plaisir que l'on ressent à lire des choses qui nous sont agréables, et à faire de nouvelles découvertes... L'enchaînement d'une histoire bien racontée est un charme auquel on ne peut résister. La diversité ne plaît pas moins... Cependant le cœur demeure vide et sec tout ensemble, et on ne prend jamais le temps de le bien régler, et d'apprendre à bien vivre. On se flatte de ce que par le moyen de l'étude on évite les désordres sensibles, et on compte pour rien la sécheresse et la pauvreté de son cœur.

Mais quoi donc ? ce plaisir que l'on trouve dans la vérité et dans les belles connaissances est-il criminel, ou plutôt n'est-il pas innocent ? Il est sans doute innocent, pourvu qu'il soit modéré, et qu'il ne nous détache pas de nos autres devoirs : mais il faut renoncer à ce plaisir si on ne peut le modérer. Il vaut bien mieux savoir peu et avoir le cœur bien réglé que de savoir une infinité de choses et se négliger soi-même... Une seule vérité que Dieu nous fait goûter et aimer intérieurement est infiniment plus capable de nous nourrir et de nous fortifier que toutes les vérités imparfaitement connues, qui ne servent qu'à nous remplir la mémoire et à nous enfler le cœur.

On ne doit appeler études que l'application aux connaissances qui sont utiles dans la vie. Il y en a de deux sortes : les unes sont utiles pour agir et s'acquitter des devoirs communs à tous les hommes, ou de ceux qui sont propres à sa profession ; les autres sont utiles pour s'occuper honnêtement dans le repos, et profiter du loisir en nous faisant éviter l'oisiveté et les vices qu'elle a coutume de produire...

Or pour se mettre dans cette heureuse disposition, il ne suffit pas de lire et d'étudier. Il faut faire passer les vérités de l'esprit dans le cœur, où est leur lieu naturel, par le moyen d'une sérieuse réflexion... (III, chap. 2).

(Sur tous ces points de la controverse, Mabillon est d'autant plus assuré contre les attaques de Rancé qu'il peut s'appuyer sur l'enseignement de saint Bernard lui-même, dans le 35ᵉ de ses sermons sur le Cantique, dont l'essentiel a été choisi par l'Église comme lecture pour l'office de sa fête, dans la nuit du 20 août.)

Notes

Notes Pages

1   12 L'expression « École du service du Seigneur » relève du vocabulaire monastique traditionnel. Mlle CHRISTINE MOHRMANN en a précisé le sens dans son introduction à la *Regula Monachorum* (éd. par DOM SCHMITZ, Maredsous, 1955) : « *Scola* évoquait – dans la tradition monastique orientale – l'idée de l'école d'entraînement provisoire (permettant de passer ensuite à la vie proprement érémitique). Je ne crois pas que l'on ait le droit de détacher l'usage de saint Benoît de cette tradition de la langue monastique, mais ici encore, comme au cas de *militare* (qui dans ce même langage signifie seulement : servir), on constate un déplacement de sens, déterminé par l'évolution du monachisme occidental. Le cénobitisme n'étant plus considéré comme un degré préparatoire, *scola* n'a plus le sens d'école d'entraînement préparatoire, mais plutôt d'école ou d'institut d'entraînement au service de Dieu... » (p. 27-33).

2   17 Ces clameurs sont d'autant plus insolites que la Règle a un chapitre spécial pour prescrire durant la nuit le silence le plus intégral (R. 42).

3   24 La *diplomatique* est l'art de déchiffrer les anciens diplômes (chartes et plus généralement tous textes anciens). À la différence de l'édition critique, obtenue par la comparaison de tous les ms. connus d'un texte donné, et qui permet donc d'en établir une version aussi correcte que possible, l'édition diplomatique se borne à reproduire aussi textuellement que possible 1 ou 2 ms. – évidemment choisis aussi représentatifs que possible. C'est donc un instrument précieux pour toute étude approfondie d'un texte. En ce qui concerne le problème de la Règle du Maître, cf. à la Bibliographie.

4   29 Cf. TH. LEFORT : *Les vies coptes de saint Pacôme et de ses premiers successeurs*, trad. fr., Louvain, 1943, p. 60-61.

5   38 Cf. DOM ANGÉLICO SURCHAMP : *Sagesse de saint Benoît*, dans « Moines », 1er cah. de La Pierre-Qui-Vire, p. 56.

6	41	Cf. DOM PAUL DE VOOGHT : *Aliquatenus honestatem morum* (titre qui reprend une expression de la Règle, qui ne prétendrait rien instituer d'autre qu'une « certaine dignité de mœurs et un commencement de vie monastique », R. 73). L'étude de Dom de Vooght a paru dans « Sanctæ Ecclesiæ », 29ᵉ année, n° 24, p. 225 et suiv.
7	48	La mise en lumière de la spiritualité sous-jacente à l'art roman est l'un des objectifs les plus constants de la revue « Zodiaque ». Cf. en particulier dans : *Bourgogne romane*, Lumières de Paray, p. 70-71 ; dans *Val-de-Loire roman*, Clarté de Saint-Benoît, p. 64-69, et Saint-Aignan-sur-Cher, p. 156-159 ; dans *Poitou roman*, Aulnay aux deux visages, p. 208-209 ; dans *Touraine romane*, Spiritualité de Tavant, p. 186-189.
8	55	Cf. THOMAS MERTON : *Dans le désert de Dieu*, « Témoignages », n° 48, mars 1955, p. 132-136.
9	56	Par exemple en cas de fondation d'une filiale. La stabilité dans son monastère est non seulement un devoir, elle est aussi un *droit* pour le moine.
10	60	Cf. DOM GERMAIN LEBLOND : *Les moines et le monde*, dans « Chrétiens dans le monde », 7ᵉ cahier de La Pierre-Qui-Vire, p. 150 et suiv.
11	62	« Ce n'est que par le libre choix que le religieux ou le moine a fait de se donner tout entier, que sa vocation se distingue de celle des gens du monde. Elle se situe à un degré plus avancé de la liberté humaine... Il en est ici, en substance du moins, comme d'un officier qui, à la guerre, chercherait un brave pour faire sauter un pont. L'entreprise est périlleuse, presque fatale. Il ne veut l'imposer à personne, il demande un volontaire. Plusieurs hésitent : l'un songe à sa femme, un autre à ses parents, à ses enfants, un quatrième se sent tout simplement pris de peur, un autre encore "n'a pas envie". Survient enfin celui qui donne tout, et qui "comprend" que ce sacrifice est plus grand que tout le reste ; il lève la main et dit : "Moi." Acte de liberté souveraine, parce que de souverain détachement. Il n'est pas déplacé de citer ici cette réflexion de William James : "Si nous nous cramponnons à la vie, alors qu'un autre s'en défait comme on jette une fleur, nous sentons qu'il a sur nous une incontestable supériorité." C'est ce que fait, en somme, et le volontaire courageux et le religieux ou le moine. Ils sont plus "grands" dans leur humanité, parce que plus "libres" en définitive » (DOM OLIVIER ROUSSEAU : *Monachisme et vie religieuse*, p. 19).
12	73	Nombre de spécialistes en tous domaines aboutissent actuellement à cette conclusion. Citons, presque au hasard : le P. de Ghellinck, Mgr Grabmann, É. Gilson, A. Landgraf, Dom Lottin, Dom Jean Leclercq, H. Focillon, F. Heer, etc.
13	75	La Règle de saint Benoît prévoit en effet une satisfaction pour les fautes, même matérielles, parce que, si elles ne sauraient constituer des péchés, elles n'en sont pas moins un mal, introduisant un désordre dans la création de Dieu.

14	75	Chaque jour, à la fin des Laudes et des Vêpres, le père abbé doit chanter solennellement le Pater noster, *à cause des épines de scandale qui surviennent trop facilement. Ainsi, les frères, engagés par la promesse qu'ils font en cette oraison : « Pardonnez-nous nos offenses comme nous pardonnons », se purifieront de ces sortes de fautes* (R. 13).
15	78	À l'honneur des moines, il semble bien que cet Exhilaratus n'était point « des nôtres » lors de cette mésaventure. Mais au chapitre suivant des *Dialogues*, hélas ! aucun doute que ce ne soit un moine qui cherche à s'approprier quelques mouchoirs donnés par une sainte personne...
16	82	Cf. G. DUBY : *Dangers d'une réussite*, dans « Saint Bernard homme d'Église », 2ᵉ cahier de La Pierre-Qui-Vire, p. 67-75.
17	84	Il est prévu en effet que si, le dimanche, certain moine *ne sait occuper son temps à la lecture et à la méditation, on lui donne quelque travail, afin qu'il ne demeure pas oisif*. Mais la Règle suppose seulement que c'est un moine *paresseux ou négligent*, elle ne semble pas mentionner directement un analphabète (R. 48).
18	87	Cf. tous les travaux de DOM JEAN LECLERCQ, en particulier : *L'amour des Lettres et le désir de Dieu*, qui opère une première synthèse sur cette question.
19	95	C'est dans le décret sur la rénovation et l'adaptation de la vie religieuse *« Perfectae Caritatis »* § 9, 15, 21, 22, que l'on trouvera les principales indications du Concile. À titre d'exemple des formes nouvelles qui se cherchent dans le monachisme, citons *La fraternité de la Vierge des Pauvres* (règle éditée sous le titre : *Au cœur même de l'Église*, DDB, 1966).
20	98	Jacques I, 18 – Cf. L. BOUYER : *La vie parfaite*.

Repères

On ne peut résumer en dix pages quatorze siècles d'histoire. Encore moins quand il s'agit de l'histoire bénédictine, et cela pour deux raisons :

D'abord saint Benoît n'a point organisé un ordre, mais bien des monastères, sans préciser quelles formes prendraient leurs relations mutuelles. Qui plus est, sa Règle laisse explicitement au père abbé une grande latitude d'interprétation, ce qui doit naturellement entraîner de nombreuses différences dans l'observance, d'une maison à l'autre. Aussi le développement du monachisme bénédictin ne présente aucunement la belle croissance homogène d'un arbre. C'est plutôt le foisonnement d'un principe de vie unique – la tradition bénédictine appuyée sur la règle – diversifié à travers les multiples fondations d'abbayes, suivant les exigences du temps, des lieux et aussi, il faut bien le croire, du Saint-Esprit guidant son Église. Entre tant de monastères, pourtant, des affinités se manifestent, qui leur permettront de se fédérer, pour un temps plus ou moins long, et suivant des modalités également très diverses.

D'autre part, une communauté bénédictine est tout entière organisée pour favoriser la vie spirituelle et l'union à Dieu. L'essentiel de l'histoire monastique échappe donc à des relevés statistiques, à des tableaux qui ne peuvent se baser que sur des manifestations beaucoup plus extérieures et, de ce fait, accidentelles. Le calendrier des saints bénédictins – qui comporte plusieurs noms pour chaque jour de l'année – serait significatif. Mais on ne saurait le donner ici en entier. Et comment choisir entre tant de noms qui n'évoqueraient rien et qui ne sont, en somme, bien connus que de Dieu ? Qui voudrait consulter ce calendrier le trouvera en fin du tome second de l'*Histoire générale* de Dom Schmitz.

Nous avons par conséquent dû nous borner à présenter ici quelques données plus extérieures, permettant à chacun de situer au moins *les différentes branches du monachisme bénédictin, les principales abbayes avec leurs fondateurs,* enfin *quelques moines plus célèbres pour leurs travaux apostoliques ou intellectuels* durant les deux grandes époques du haut Moyen Âge et de la réforme des Mauristes. (Pour un tableau plus complet, on consultera le *Précis d'histoire monastique* de Dom Patrice Cousin, qui a bien voulu nous aider dans l'établissement de ces Repères, et nous permettre d'utiliser en particulier deux de ses précieuses cartes de France monastique. Qu'il en soit ici remercié.)

LES GRANDES PÉRIODES DU MONACHISME EN OCCIDENT

VIe-IXe SIÈCLES

Ralliement progressif à la Règle de saint Benoît des monastères préexistants, et premières tentatives de regroupement :
Au VIIe siècle en Angleterre (sur le monachisme colombanien).
En Gaule carolingienne, œuvre de saint Benoît d'Aniane (synode d'Aix-la-Chapelle, 817).

X^e-XIe SIÈCLES

CLUNY, fondé en 910. Avec ses grands abbés : saint Odon (927-948) ; saint Maïeul (954-994) ; saint Odilon (994-1048) ; saint Hugues (1049-1109) et Pierre le Vénérable (1122-1156).
Caractéristiques : exemption (ne relève que du Saint-Siège). Centralisation (tout dépend directement de l'abbé de Cluny). Vie liturgique très surchargée. Plus de travail manuel.
Apogée : 800 maisons.
Réformes parallèles en Flandre : Gérard de Brogne († 959), saint Poppon de Stavelot ; et en Lotharingie : Richard de Verdun († 1033).

XIIe-XIIIe SIÈCLES

Le monachisme nouveau (retour aux sources) représenté avant tout par CÎTEAUX, fondé en 1098, propagé par saint Bernard (1098-1153).
Caractéristiques : fédération d'abbayes autonomes. Retour à la lettre de la Règle : solitude, pauvreté, travail manuel et vie intégralement commune (jusqu'au dortoir).
Apogée : jusqu'à 740 monastères.
D'autre part une floraison de congrégations moins importantes, dont la tendance la plus générale est de rechercher l'alliance de la vie érémitique avec la vie cénobitique, suivant le modèle de LA CHARTREUSE (fondée en 1084 par saint Bruno, 1030-1101) qui, sans se rattacher directement à la Règle bénédictine, s'en inspire pourtant notablement.

Dénomination	**Maison mère**	**Fondateur** (date de sa mort)	**État actuel**
Ermites de...	FONTE AVELLANE	St Pierre Damien († 1072)	
Camaldules	CAMALDOLI	St Romuald († 1027)	2 congrég. en Italie
Ordre de...	VALLOMBREUSE	St Jean Gualbert († 1073)	7 monastères
Grandmontains	GRANDMONT	St Étienne de Muret († 1125)	disparu

Repères

	MONTE-VERGINE	St Guillaume de Verceil († 1142)	rattaché à cong. de Subiaco
Ordre de...	FONTEVRAULT	Robert d'Arbrissel († 1117) *(monastères doubles, moines et moniales, jumelés).*	3 monastères
Guillelmites	MALEVAL	St Guillaume de M. († 1157)	disparu
Silvestrins	MONTE-FANO	St Silvestre Gozzolini († 1267)	10 monastères
Congrég. de...	FLORE	Joachim de Flore († 1202) *(parallèle à Cîteaux et agrégé au XVIᵉ siècle).*	
Célestins	MONTE-MAJELLA	Pierre de Morrone (Célestin V)	disparu
Olivétains	MONT OLIVET	Bernard Toloméi († 1348)	15 monastères

XVᵉ-XVIᵉ SIÈCLES

Se reporter au tableau suivant qui donne au paragraphe 3 les principales congrégations bénédictines pour cette période.

XVIIᵉ-XVIIIᵉ SIÈCLES

SAINT-MAUR, érigée en congrégation le 17 mai 1621 sur l'instigation de Dom Laurent Bénard († 1620), sera définitivement organisée par Dom Grégoire Tarrisse (1630-1648).
Caractéristiques : c'est la réplique française de la congrégation lorraine de Saint-Vanne. Pour parer aux abbés commendataires (imposés par le roi qui paie ainsi à ses fidèles serviteurs leurs bons services en leur assurant les revenus de quelque riche abbaye, sans se soucier qu'ils aient ou non la vocation monastique), Saint-Maur institue des « prieurs » élus par les chapitres généraux pour trois ans seulement (donc congrégation centralisée sur le modèle des ordres religieux plus récents). Travaux intellectuels surtout historiques, réalisés en équipes. Cf. le 3ᵉ tableau.

LA TRAPPE : réforme cistercienne par l'abbé de Rancé (1664). Aggrave le côté pénitentiel, selon ses tendances propres. (Rancé, converti épris d'absolu, n'avait pas fait de noviciat normal qui lui aurait permis de profiter de la tradition monastique.) Par une extension abusive, on appelle souvent « trappistes » tous les Cisterciens de la stricte observance (qui signent O. C. R. : Ordo Cistercensium reformatorum), par opposition aux Cisterciens « de la commune observance ».

XIXᵉ-XXᵉ SIÈCLES

Les quelque 200 monastères bénédictins sont groupés en 16 congrégations, la plupart circonscrites à un pays – une seule étant internationale (Subiaco). Même celles qui passent pour les plus centralisées laissent en fait une autonomie très grande à chacune des abbayes qu'elles fédèrent. Un abbé primat contrôle ces 16 congrégations, qu'il représente auprès du Saint-Siège.

	Titre	Fondation	Monastères	Moines
1	DU MONT-CASSIN ET DE STE JUSTINE DE PADOUE	1408-1504	10	167
2	HONGROISE	1514	3	194
3	SUISSE DE L'IMMACULÉE CONC.	1602	8	482
4	ANGLAISE	1619	12	514
5	BAVAROISE DES SAINTS ANGES GARDIENS	1684-1858	12	355
6	BRÉSILIENNE	1827	5	155
7	DE FRANCE OU DE SOLESMES	1837	21	783
8	AMÉRICANO-CASSINAISE DES SAINTS ANGES GARDIENS	1855	22	1 653
9	DE BEURON (allemande)	1873	10	490
10	CASSINAISE DE LA PRIMITIVE OBSERVANCE (dite plus simplement : DE SUBIACO)	1872	48	1 468
11	HELVÉTO-AMÉRICAINE DE L'IMMACULÉE-CONCEPTION	1881	15	873
12	AUTRICHIENNE DE L'IMMACULÉE-CONCEPTION	1889	12	438
13	DE SAINTE-ODILE (Haute-Bavière) pour les Missions	1904	13	1 182
14	BELGE DE L'ANNONCIATION	1920	12	573
15	SLAVE DE SAINT ADALBERT	1945	5	43
16	HOLLANDAISE	1969	3	113
	HORS CONGRÉGATION		10	167

dont : le collège pontifical de Saint-Anselme *(Rome)*, l'abbaye de la Dormition *(Jérusalem)*, Le Bouveret (Suisse) et Chèvetogne (Belgique – pour l'union avec les Orthodoxes).

Mais se rattachent aussi à la Confédération les congrégations des OLIVÉTAINS (24 monastères, 226 religieux), de VALLOMBREUSE (7 monastères, 56 religieux), des CAMALDULES (7 monastères, 97 religieux), des SILVESTRINS (6 monastères, 195 religieux), de CONO SUR (5 monastères, 99 religieux).

La renaissance du monachisme s'est marquée par des chiffres : en 1880 : 107 monastères et 2 765 religieux ; en 1970, 344 maisons et 10 936 religieux. En fait, davantage encore peut-être qu'à un esprit propre à chaque

Repères

congrégation, l'évolution monastique est sensible à l'esprit des lieux et des temps. C'est ainsi que des monastères appartenant à des congrégations différentes (Solesmes et Subiaco) ont, à certains égards, plus de traits communs entre eux, voire même avec des cisterciens, qu'avec d'autres monastères étrangers de leur propre congrégation. Certains de ces derniers ont d'ailleurs préféré rejoindre la congrégation dominante dans leur propre pays (par exemple en Angleterre), ou fonder une nouvelle congrégation, comme en Hollande. Au XIXe siècle, le monachisme bénéficia des idées ambiantes ; depuis le IIe concile du Vatican, la multiplication des maisons plus ou moins autonomes et l'aggiornamento très diversifié suivant les monastères conduisent à un « pluralisme » extrême. Et un peu partout, le nombre des moines a diminué.

Voici le détail des maisons des deux congrégations en France : en capitales, les abbayes ; en italique, les prieurés ; en caractères ordinaires, les simples maisons dépendant des abbayes.

Congrégation de France :

En France : SOLESMES, LIGUGÉ, HAUTECOMBE, WISQUES, SAINT-WANDRILLE, KERGONAN, PARIS, FONTGOMBAULT, RANDOL. Hors de France : SAINT-JÉRÔME *(Rome)*, SILOS, VALLE DE LOS CAIDOS, LEYRE, *Madrid, Buenos Aires, Mexico, Martinique*, CLERVAUX (Luxembourg), VAALS (Hollande), QUARR-ABBEY (île de Wight), SAINT-BENOÎT-DU-LAC (Canada), *Keur Moussa* (Sénégal).

Province française de la congrégation de Subiaco :

En France : LA PIERRE-QUI-VIRE, EN-CALCAT, BELLOC, LANDEVENNEC, TOURNAY, SAINT-BENOÎT-SUR-LOIRE. Hors de France : la plupart des fondations anciennes (Angleterre, Amérique) ont formé des provinces autonomes. *Lazcano* (Espagne) ; Toumliline (Maroc) a fondé *Koubri* (Haute-Volta) et *Bouaké* (Côte d'Ivoire) ; *Thien-An* (Viêt-nam) a fondé *Thien-Hoa* ; *Mahitsy* (Madagascar) ; *La Bouenza* (Congo-Brazza) ; *Dzogbégan* (Togo) et *Zagnanado* (Bénin).

CHRONOLOGIE DES PRINCIPALES FONDATIONS MONASTIQUES

ABRÉVIATIONS : C = *Comte*
R = *Restauration*
Cg = *Congrégation*
R. B. = *adopte Règle bénédictine*
V = *Vers (date douteuse ou imprécise)*

Les noms de monastères en capitales désignent des chefs-lieux d'ordres médiévaux ou de congrégations modernes. Les noms patronymiques de monastères (situés dans les villes) suivent immédiatement le nom du lieu et portent Saint en toutes lettres (pour mieux les distinguer des fondateurs, toujours désignés par St).

Histoire générale	Fondation des monastères	Fondateurs
I – LES ORIGINES		
Égypte		
v. 312 Conversion de Constantin Fin des persécutions. Théodose	début St Paul Ier, ermite (234-347)	
380 Le christianisme religion d'État	du IVe s. St Antoine, vie anachorétique (251-356) St Pacôme, vie cénobitique (286-346)	
Gaule		
	v. 363 Ligugé	St Martin
	v. 372 Marmoutier	St Martin
	v. 400 Lérins (*R. B.* V. 660)	St Honorat
410 Vandales Suèves		
412 Wisigoths		
	v. 420 Marseille (Saint-Victor)	Jean Cassien
	v. 440 Lyon (Saint-Martin d'Ainay)	Moines Sabinus et Salonius
	v. 450 Condat (au XIIIe s. : Saint-Claude)	Sts Romain et Lupicin
Italie		
410 Prise de Rome par Alaric		
	v. 480 Naissance de saint Benoît	
	v. 500 Subiaco	St Benoît
	v. 529 Mont-Cassin	St Benoît († v. 547)
550 Totila reprend Rome		
	555 Vivarium	Cassiodore
	575 Rome (Saint-André)	Grégoire le Grand
	577 Ruine du Mont-Cassin par les Lombards	
	v. 705 Farfa	
	v. 708 Saint-Vincent du Vulturne	
	717 Mont-Cassin *R.*	Petronax
	752 Nonantola (Saint-Silvestre)	

Repères

Gaule mérovingienne

496	Conversion de Clovis	
	v. 510 Auxerre (Saint-Germain)	Ste Clotilde ?
	515 Agaune (Saint-Maurice)	Roi Sigismond
	v. 520 Dijon (Saint-Bénigne) - 530	Grégoire de Langres
	v. 543 Paris (Sainte-Croix, Saint-Vincent) - 558	Roi Childebert ou St Germain de Paris
	v. 550 Reims (Saint-Remi)	
	v. 550 Saint-Thierry	
	v. 550 Soissons (Saint-Médard)	Roi Clotaire Ier
v. 575	Arrivée de St Colomban en Gaule	
	589 Autun (Saint-Martin)	Reine Brunehaut
	590 *Luxeuil* (*R. B.* V. 630)	St Colomban
630	631 Fleury-sur-Loire	Léodebold
- 639 Dagobert	632 Solignac	St Éloi
	634 Rebais	St Ouen
	636 Elnone (Flandre)	St Amand
	645 Sithiu = Saint-Bertin	St Omer
	649 Fontenelle	St Wandrille
	649 Rouen (Saint-Ouen)	St Ouen
	650 Saint-Denis en France	
	654 Jumièges	St Philibert
	657 Corbie	Ste Bathilde
v. 674	Transfert des reliques de St Benoît à Fleury	
680	Pépin d'Héristal	v. 680 Arras (Saint-Vaast)	Ambert, év. Cambrai
	695 Utrecht (Saint-Martin)	St Willibrord
	v. 700 Andage (Saint-Hubert)	Pépin d'Héristal
	708 Echternach	St Willibrord
732	Ch. Martel à Poitiers	

Alémanie

	mil. VIIe Wissembourg	
	696 Salzbourg (Saint-Pierre)	moine Rupert
	724 Reichenau	St Pirmin
	732 Murbach	St Pirmin
	744 Fulda	St Boniface
	v. 750 Saint-Gall	Otmar
	756 Tegernsee	
	769 Hersfeld	Lull, év. Mayence
	777 Kremsmünster fondé pour évangéliser les Avars	
783	Conquête de la Saxe par Charlemagne	
	822 Corvey fondé pour évangéliser les Saxons	

Armorique

	490 Landevennec	St Guénolé
	v. 550 Saint-Brieuc	St Brieuc
	v. 550 Dol de Bretagne	St Samson

Saint Benoît et la vie monastique

578	Les Bretons prennent Vannes et Nantes	
818	Bretagne *R. B.*	
	v. 832 Redon (Saint-Sauveur)	St Conwoïon

Hibernie

	v. 520 Clonard	St Finnian le Jeune
	545 Cloncmacnois	St Kiaran
	558 Clonfert	St Brendan
	559 Bangor	St Comgall
	563 Iona (îles Hébrides)	St Colomba

Angleterre

428	Invasion anglo-saxonne	
596	Envoi de 40 moines missionnaires par St Grégoire	
	vɪᵉ s. Menevia = Saint-David	
	Llancarvan	St Cadoc ?
	Glastonbury	
	601 Cantorbéry	St Augustin
	610 Londres (Westminster)	St Mellite
	v. 630 York (Sainte-Marie)	St Paulin
	v. 635 Lindisfarne (Écosse)	St Aydan
	650 Malmesbury	St Maïdulf
	660 Melrose (Écosse)	St Aydan
664	Synode de Whitby, triomphe de *R. B.*	
	664 Peterborough	St Wilfrid
	674 Wearmouth	St Benoît Biscop
	682 Jarrow	St Benoît Biscop
	790 Saint Alban's	

II – ÉPOQUE CAROLINGIENNE ET MÉDIÉVALE

France

	782 Aniane	St Benoît d'Aniane
768 Règne de		
814 Charlemagne	815 Inde (Aix-la-Chapelle)	Louis le Pieux et B. d'Aniane
817 Synode d'Aix-la-Chapelle. Réforme de Benoît d'Aniane		
ɪXᵉ-Xᵉ s. Les Normands	848 Limoges (Saint-Martial) *R.B.*	
	909 CLUNY et ses 5 Filles*	Guillaume d'Aquitaine
	916-7 Souvigny*	Aimar, vassal du préc.
	927 Sauxillanges	Effroi, duc d'Aquitaine
987 Hugues Capet		
	1054 La Charité-sur-Loire*	Guillaume c. de Nevers
1075 Querelle des Investitures (Grégoire VII et Henri IV)		
	1077 Lewes (Saint-Pancrace)*	Guillaume de la Varenne
	1079 Paris (S.-Martin-des-Ch.)*	Philippe Iᵉʳ
	933 Gorze	Jean de Vandières

Repères 157

966	Mont Saint-Michel	Richard Ier duc de Normandie
990	Dijon (Réforme de s. Bénigne)	Guill. de Volpiano
XIe-XIIe s. L'art roman, art clunisien		
1005	Verdun (Saint-Vanne)	Bx Richard
1009	Arras (*R.* Saint-Vaast)	St Poppon
1034	Le Bec	Herluin (puis Anselme)
1045	La Chaise-Dieu	St Robert de Turlande
1075	Molesme	St Robert de Champagne
1076	GRANDMONT	St Étienne de Thiers
1080	La Sauve-Majeure	St Géraud
1084	LA CHARTREUSE	St Bruno
1098	CÎTEAUX et ses 4 Filles	St Robert
1108 Louis VI le Gros		
1113	La Ferté-sur-Grosne	
1114	Pontigny	
1114	Clairvaux	St Bernard
1115	Morimond	
1101	FONTEVRAULT	St Robert d'Arbrissel
1109	Tiron	Bernard d'Abbeville
1112	SAVIGNY (affilié avec sa congrégation à Cîteaux en 1147)	Bx Vital de Tierceville
1120 Création de l'Université de Paris		
1146 St Bernard prêche à Vézelay la 2e croisade		

Italie

Monachisme d'esprit clunisien :

966 ?	Saint-Michel de la Cluse	
996 Expédition d'Otton III en Italie		
1003	Fruttuaria	St Guill. de Volpiano
1011	CAVA	Alfier
v. 1000	Fontavellane	
1012	CAMALDOLI	St Romuald
v. 1036	VALLOMBREUSE	St Jean Gualbert
1047 Robert Guiscard et les Normands en Italie méridionale		
1083 Henri IV		
- 1084 prend Rome		
1182 Naissance de St François d'Assise		
1208 St Dominique fonde les frères prêcheurs		
1191	Flore	Joachim de Flore

Autres abbayes importantes :

1059	Messine (Saint-Sauveur)	Roger Ier de Sicile
1080	SASSOVIVIO	
1120	MONTE VERGINE	St Guill. de Verceil
1166	Monreale	Guill. II de Sicile
1231	MONTE FANO	St Silvestre Gozzolini

	1264 MONTE MAJELLA	St Pierre Murrone (Célestin V)
	1319 MONTE OLIVETO	St Bernard Tolomei

Îles Britanniques

	943 Glastonbury (*R.*)	St Dunstan
	950 Abingdon	St Ethelwold
1019 Cnut roi de Danemark et d'Angleterre		
	1020 Bury Saint-Edmond's (*R.*)	
1066 Guillaume le Conquérant		
	1115 Kelso (Écosse)	
1136 Charte d'Oxford		
	1169 Paisley (Écosse)	Clunisiens
	1170 Dumferline (Écosse)	Roi David Ier
	1132 Rievaulx	Cisterciens
	1135 Fountains Abbey	Cisterciens
	1136 Melrose (*R.*)	Cisterciens
	1142 Mellifont (Irlande)	Cisterciens
	1147 Dublin (Sainte-Marie, en 948 Bénédictins puis Cisterciens)	Cisterciens

Hollande et Scandinavie

	Egmond (Saint-Adalbert)	Dirk Ier *c.* Hollande
	1028 Utrecht (Saint-Paul)	
1035 Mort de Cnut Dislocation de l'empire danois		
	1046 Lünd (Saint-Laurent)	
	Lünd (Toussaint)	Clunisiens
	XIe s. Nidaros (Munkholm)	Cnut le Grand
	1130 ? Nestved (Danemark)	
	1143 Alvastra (Suède)	Cisterciens

Pays germaniques

	946 Einsiedeln	Ch. Eberhardt
962 Otton Ier		
	v. 990 Ratisbonne (Saint-Emmeran, *R.*)	St Wolfgang
	1022 Trèves (Saint-Maximin, *R.*)	St Poppon
	1060 Siegburg (Rhénanie) Saint-Blaise (Forêt Noire)	
	1075 Admont (Autriche)	
	1079 HIRSAU (Württemberg) « Le Cluny germanique »	Abbé Guillaume

Europe Centrale

	987 Zara (Saint Chrysogone)	
	993 Prague (Brevnov)	Évêque St Adalbert
	996 Pannonhalma (Hongrie)	
997- St Étienne de 1038 Hongrie		
	1061 Tyniec (près Cracovie) « Le Cluny polonais »	

Repères 159

Espagne

	880 Ripoll (Catalogne)	Guifred le Velu *c.* de Barcelone
1037 Ferdinand Ier roi de Castille		
	1075 Montserrat	
	v. 1010 Oña (Saint-Sauveur)	Sanche Garcia *c.* de Castille
	1041 Silos	St Dominique
	1032 Leyre (Navarre)	
	San Juan de la Peña (Aragon)	
	1079 Sahagun	Clunisiens
1147 Croisés flamands et anglais reprennent Lisbonne		
	1153 Alcobaça (Portugal)	Roi Alphonse Henriques

Orient latin

1098 Les Croisés à Jérusalem		
	1100 Jérusalem (Sainte-Marie latine *R.*) berceau Frères Hospitaliers de Saint-Jean	
	1100 Jérusalem (Sainte-Marie de Josaphat)	Godefroi de Bouillon
	1100 Mont-Thabor (St-Sauveur)	
	Antioche (Saint-Paul)	

III – RÉFORMES MODERNES : CONGRÉGATIONS BÉNÉDICTINES

Italie

	1409 Sainte-Justine de Padoue	Louis Barbo
	1504 Devient *Cg.* Cassinaise en s'agrégeant le Mont-Cassin	

Pays germaniques

	1381 Kastel (Bavière)	Otto Nortweiner
1378- Le Grand 1417 Schisme		
	1419 Melk (Autriche)	Nicolas de Seyringer
	1434 BURSFELD (Westphalie)	Jean Dederoth
1521 Excommunication de Luther		

France

	1494 Cluny (statuts de :)	Jacques II d'Amboise
	1490 Chezal-Benoît	Pierre Dumas

Espagne

	1389 VALLADOLID (Saint-Benoît)
	Cg. d'observance et de constitutions « justiniennes »
	1529 *Destruction des monastères par les protestants, totale*
	-1590 *en Angleterre et Scandinavie, partielle aux Pays-Bas et en Pays germaniques.*
1500 Les Portugais au Brésil	1580 Introduction du monachisme au Brésil : Rio de Janeiro
	1600 Bahia, Olinda, etc.

France

	1545 –1563	Concile de Trente, suivi de la Contre-Réforme catholique
	1598	Verdun (Saint-Vanne) — Dom Didier de la Cour
	1618	SAINT-MAUR (Paris, Les Blancs-Manteaux)
	1631	Saint-Germain-des-Prés (devient chef-lieu de la *Cg.* de Saint-Maur)
	1624	Alsace (*Cg.* autonome, détachée de Bursfeld)

Belgique

1629 *Cg.* La présentation Notre-Dame

Pays germaniques

1593 *R.* de l'union de Bursfeld
1603 *Cg.* Saint-Joseph de Souabe
1641 *Cg.* de Salzbourg
1684 *Cg.* bavaroise des Saints-Anges
1685 *Cg.* du Saint-Esprit (Souabe)

Europe Centrale

1514 *Cg.* hongroise (Pannonhalma)
1709 *Cg.* polono-lituanienne de Sainte-Croix

Cisterciens

	1573 FEUILLANT (Languedoc)	Abbé Jean de la Barrière
	1618 Clairvaux (Étroite observance)	Dom Denys Largentier
1640 Jansénius publie l'Augustinus		
	1664 La Trappe	Abbé de Rancé
	1666 Sept-Fons	Abbé Eustache de Beaufort

Camaldules

	1476 Murano (Saint-Michel)	*Cg.* de cénobites réformés
	1532 MONTE-CORONA (Ombrie)	*Cg.* ayant l'esprit de Dom Paul Giustiniani († 1528)
1767 Exil des Jésuites		
	1790 *Suppression légale de tous les monastères en France puis, progressivement, dans tous les pays occupés.*	

IV – RESTAURATIONS AUX XIXᵉ ET XXᵉ SIÈCLES

1832 Enc. Mirari Vos condamne Lamennais		
	1833 SOLESMES	Dom Guéranger
	1837 Termonde (Belgique)	
	1844 Montserrat (Espagne) *R.*	
	1830-50 Monastères bavarois *R.*	Roi Louis Iᵉʳ
1847 Manifeste communiste		

Repères

1848 Marx Engels	1850 La Pierre-Qui-Vire	Père Muard
	1850 SUBIACO (Italie) *R.*	Dom Casaretto
	1853 Ligugé (France)	
	1863 BEURON (Allemagne)	Dom Wolter
	1872 MAREDSOUS (Belgique)	
1880 Loi contre les congrégations	1880 Silos (Espagne) *R.*	Moines de Ligugé
	1880 Prague (Emmaüs)	
	1892 Maria-Laach (Allemagne) *R.*	
	1899 Saint-Wandrille	Dom Pothier

Angleterre

	1804 Ampleforth	
	1814 Downside	
1833 Newman et le mouvement d'Oxford		
	1861 Ramsgate	
	1876 Fort-Augustus	
	1882 Buckfast *R.*	La Pierre-qui-Vire

Amérique

	1846 Saint-Vincent de Paul (Pensylvanie), d'où *Cg.* Américano-cassinaise (1855)	Dom Wimmer
1847 La Ruée vers l'Or		
	1854 Saint-Meinrad (Indiana), d'où *Cg.* Helvéto américaine (1881)	
	1899 Nino-Dios (Argentine)	Belloc (France)
	1900-10 Rio de Janeiro et autres *R.* de *Cg.* brésilienne	Dom Van Caloen

Afrique

1842 P. Libermann
1858 Missions africaines de Lyon
1872 Pères Blancs

	1910 Dar-ès-Salam et Lindi (Afrique. Oc.)	Sainte-Odile (Bavière)
	1910 Katanga (Congo)	St-André-de-Bruges
	1910 Transvaal Nord (Préf. apost.)	Afflighem (Belgique)
	1933 Angola (mission)	Singeverga (Portugal)
	1935 Cameroun (Sém. de Yaoundé)	Engelberg (Suisse)
	1952 Toumliline (Maroc)	En-Calcat
	1954 Ambohitraivo (Mad.)	La Pierre-Qui-Vire
	1958 La Bouenza (Congo-Brazza.)	La Pierre-Qui-Vire
	1960 Bouaké (Côte d'Ivoire)	Toumliline
	1961 Dzobégan (Togo)	En-Calcat
	1963 Keur Moussa (Sénégal)	Solesmes

Extrême-Orient

1601 P. Ricci en Chine
1656 P. de Nobili aux Indes

	1847 La Nouvelle Nursie (Aust.)	Dom Salvado
1860 Traités de Pékin		
	1895 Manille (Philippines)	Montserrat
	1926 She-Shan-Cheng-Tu (Chine)	Dom Jolyet
	1941 Thien-An (près Hué)	La Pierre-Qui-Vire

162 Saint Benoît et la vie monastique

1952	Kep (Cambodge)	La Pierre-Qui-Vire

Cisterciens de stricte observance

1791	La Val-Sainte	Dom de Lestrange
1815	La Trappe *R.*	Dom de Lestrange
1816	Aiguebelle *R.*	
1846	Sept-Fons *R.*	
1892	*Réunion de tous les monastères de stricte observance dans l'ordre des Cisterciens réformés*	
1898	Cîteaux *R.*	

Afrique

1843	Staouëli (près Alger)	
1935	Tibarrine (Altas)	Aiguebelle
1954	N.-D. des Mokoto (C. B.)	Chimay (Belgique)

Amérique

1848	N.-D. de Gethsémani (Kent.)	P. E. Obrecht

Extrême-Orient

1821-1885	Martyrs d'Indochine	
1883	N.-D. de Consolation (Chine)	Mgr Favier
1890	El-Latroun (Palestine)	
1897	N.-D. du Phare (Japon)	Briquebec (France)
	N.-D. de Liesse (Chine)	
1954	Tarrawara (Australie)	Rosorea (Irlande)
1953	Rawa-Senang (Java)	Tilburg
1955	N.-D. de l'Étoile du Sud, à Kopua (N.-Zél.)	

QUELQUES GRANDES ŒUVRES

VIe-IXe SIÈCLES

PAPES BÉNÉDICTINS

590-604	St Grégoire le Grand : Œuvre liturgique et pastorale.
672-676	Adéodat II.
678-681	St Agathon (?) : deux lettres dogmatiques contre l'hérésie monothélite.
741-752	St Zacharie (?).
817-824	St Pascal Ier : Restauration des églises romaines.
847-855	St Léon IV : Réforme de la discipline ecclésiastique, propagation du chant grégorien.

ÉVANGÉLISATION DE L'EUROPE

Angleterre : St Grégoire le Grand envoie 40 moines en 596.
Flandre : St Amand (VIIe s.) et St Remacle († 671-679).
Hollande : St Willibrord († 739) et St Adalbert († 740).
Germanie : St Boniface († 754).
Danemark et Suède : St Anschaire († 865).

Repères 163

CULTURE GÉNÉRALE

Grandes bibliothèques : composées pour les deux tiers d'ouvrages de doctrine sacrée, le reste : histoire profane, droit, hagiographie, auteurs classiques.
Fleury (300 volumes).
Cluny, au XIIe siècle (570 volumes).
Corbie, Saint-Germain-des-Prés, Saint-Denis, Saint-Remi-de-Reims (chacune environ de 4 à 500 volumes).
Saint-Riquier, en 831 : 256 manuscrits.

Écoles monastiques : 789 : capitulaire de Charlemagne prescrivant ces écoles :
Angleterre : Cantorbéry, Jarrow, York, Malmesbury, etc.
France : Aniane, Tours, Saint-Wandrille, Fleury, Ferrières, etc.

Auteurs classiques : « Les investigations très actives de ces dernières années nous ont appris qu'en fait, tout ce que nous conservons des lettres latines a été sauvé par les bibliothèques des églises et surtout des monastères » (Dom Schmitz, 11, p. 83). Par exemple : toute l'œuvre de Tacite. Auteurs préférés : Virgile, puis Horace, Térence, etc.

ORIGINE DES LANGUES NATIONALES

France
La *Cantilène de sainte Eulalie*, provient de Saint-Amand (Belgique).
L'*Ecbasis Captivi* (premier *Roman de Renart*) de Saint-Èvre (Toul).

Germanie
Prière de Wessobrunn (Bavière), vers 800.
Héliand ou Vie du Christ (Werden) entre 825-835.
Évangile en vieil allemand rimé d'Otfrid de Wissembourg (V. 868).
Les Traductions de Notker le Lippu (Saint-Gall).

Angleterre
Premières poésies anglo-saxonnes de Caedmon († V. 680).
Poème épique *Beowulf*, 3 183 vers (Av. 700).
Ballades d'Aldhelm de Malmesbury († 709).
Homélies en anglo-saxon d'Aelfric, abbé d'Eynsham (V. 1000).

Italie
Premier document italien au Mont-Cassin (seconde moitié du Xe s.).

Pologne
Bogurodzica, chant religieux composé par St Adalbert de Prague (fin Xe siècle).

Hongrie
Premier document, charte de fondation de l'abbaye de Tihany en 1055.

HISTOIRE NATIONALE

Bède le Vénérable : *Histoire de la nation anglaise* (jusqu'en 731).
Moine de Saint-Denis : *Liber historiæ francorum* (657-727).
Hincmar de Reims : *Annales Bertiniani* de 862-882 (continuées par la suite).
Guillaume de Jumièges : *Gesta Normannorum Ducum*.
Richer de Reims : *Histoire de France*, 884-995 (avènement des Capétiens).
Raoul Glaber († V. 1046) : *Historiarum libri quinque*.

DROIT

France
Capitulaires d'Anségise, en 827 (Charlemagne et Louis le Pieux).
Capitulare monasticum de saint Benoît d'Aniane, en 817.

Italie
À Bobbio, deux collections de Droit romain (Excerpta Bobbiensia et Lex romana canonice sumpta).

Germanie
Réginon de Prüm († 915).
Collection de Saint-Emmeran de Ratisbonne, vers 910.

SCIENCES SACRÉES

Angleterre
Aldhelm de Malmesbury († 709) « premier scholar de l'Angleterre ».
Saint Bède le Vénérable, de Jarrow († 735) : Exégèse, Théologie.
Benoît Biscop, de Jarrow († 691) : Liturgie, Spiritualité.
Alcuin, de Jarrow (735-804) : Liturgie, Spiritualité, Musique.

France
Smaragde, abbé de Saint-Mihiel († 830) : Spiritualité.
Hilduin, abbé de Saint-Denis : en 832-835, première traduction des œuvres du Pseudo-Denys (une des sources essentielles de la spiritualité médiévale).
Paschase Radbert († V. 865) et Ratramne de Corbie : Théologie de l'Eucharistie.
Loup de Ferrières († V. 862) : Correspondance, Théologie.
Adrevald de Fleury (V. 878) : Théologie de l'Eucharistie.
Hincmar de Reims († 882) : Droit canon.
Remi d'Auxerre († 908) : Écriture sainte, Musique.

Germanie
Gottschalk, moine de Fulda : Théologie, Prédestination.
Raban Maur, abbé de Fulda († 856) : « Præceptor Germaniæ », Liturgiste.
Walafrid Strabon, de Reichenau († 849) : Exégèse, Liturgie.
Notker le Bègue, de Saint-Gall († 912) : Patristique, Musique.
Réginon de Prüm († 915) : Théologie, Droit canon, Musique.

Italie
Alain, de Farfa († 770) : premier Homiliaire pour tous les jours de l'année.
Ambroise Autpert, de Saint-Vincent du Vulturne († V. 871) : Spiritualité.
Paul Warnefrid, ou Paul Diacre, du Mont-Cassin († V. 799) : premier commentaire de la Règle.

X^e-XIIe SIÈCLES

PAPES BÉNÉDICTINS

936-939 Léon VII (probable).
999-1003 Silvestre II (Gerbert d'Aurillac).
1057-1058 Étienne IX.
1073-1085 St Grégoire VII (Hildebrand) : Querelle du Sacerdoce et de l'Empire (Canossa).
1086-1087 Bx Victor III.

Repères 165

1088-1099 Bx Urbain II (Clunysien) : Concile de Clermont ; appel à la première croisade.
1099-1118 Pascal II (Clunysien) : Querelle du Sacerdoce et de l'Empire.
1118-1119 Gélase II.
1145-1153 Bx Eugène III (Cistercien) : Appel à la deuxième croisade.

ÉVANGÉLISATION DE L'EUROPE

Espagne : Les moines de Cluny artisans de la Reconquista.
Danemark : Saint Anschaire († 865).
Suède : Siegfried, moine de Glastonbury (?) ; baptême du roi Olaf en 1008.
Norvège : Cnut le Grand fonde le premier monastère au début du XIe siècle.
Bohême : Bénédictins de Bavière (Ratisbonne), Xe siècle ; puis saint Adalbert.
Grande Pologne : Baptême du roi Miesco Ier en 966.
Prusse : Martyres de saint Adalbert de Prague (997), puis de Brunon (1009). (Donc échec. Les chevaliers Teutoniques au XIIIe siècle utiliseront des méthodes plus brutales.)
Hongrie : Wolfgang, moine d'Einsiedeln, en 971 (Pannonhalma en 1001), puis saint Adalbert de Prague (baptême du prince Vakj-Étienne le Grand).

L'ART ROMAN

IXe siècle : Saint-Philbert de Grandlieu.
Xe siècle : Saint-Philibert de Tournus, Saint-Michel de Cuxa.
XIe-XIIe siècles : Cluny, Paray, Saulieu, cathédrale d'Autun, Souvigny, Vézelay, Saint-Bénigne de Dijon, Auxerre, La Charité-sur-Loire, Saint-Benoît-sur-Loire, Mozat, La Chaise-Dieu, Issoire, Saint-Nectaire, Conques, Souillac, Moissac, Toulouse (La Daurade), Saint-Gilles du Gard, Montmajour, Saint-Martin du Canigou, Saintes, Aulnay, Melle, Saint-Jouin de Marnes, Ruffec, Jumièges, Saint-Étienne de Caen, Boscherville, etc.

SCIENCES SACRÉES

France
Saint Odon de Cluny († 948) : Spiritualité, Musique.
Gerbert d'Aurillac, écolâtre de Reims (972-999).
Abbon de Fleury († 1004) : Sciences sacrées et profanes.
Adson de Montierender († 992) : Spiritualité.
Rathier de Lobbes († 974) : Moraliste.
Durand de Troarn († 1088) : réfute les erreurs de Bérenger sur l'Eucharistie.
Lanfranc du Bec (1089) : Théologie, Spiritualité.
Saint Anselme, du Bec († 1109) : Théologie, Spiritualité.
Honorius d'Autun (V. 1125) : Théologie, Liturgie.
Guillaume de Saint-Thierry († 1149) : Spiritualité.
Jean de Fécamp († 1078) : Spiritualité.
Pierre de Celle († 1183) : Spiritualité.

Angleterre
Saint Ethelwold, d'Abingdon († 984) et saint Dunstan : *Regularis Concordia anglicæ nationis* (inspirée de l'œuvre de saint Benoît d'Aniane).
Lanfranc et saint Anselme, du Bec, archevêques de Cantorbéry.

Allemagne
Bernon de Prüm († 1048) : disciple d'Abbon de Fleury.
Bernon de Reichenau († 1048) : Musique, Liturgie, Spiritualité.
Hermann le Contrefait, de Reichenau († 1054) : Musique, Spiritualité.
Tuotilo de Saint-Gall (XIe siècle) : Musique.
Bernold de Constance († 1100) : Liturgie.
Rupert de Deutz († 1129) : Exégèse, Liturgie.
Bérengoz de Trèves († 1125) : Spiritualité.
Egbert de Schönau († 1184) : frère d'Élisabeth de Schönau.

Italie
Guillaume de Volpiano († 1031) : a pour disciple Jean de Fécamp et Jean de Fruttuaria († V. 1050) : Spiritualité.
Saint Pierre Damien, abbé de Fonte-Avellane († 1072) : Spiritualité.
Guy d'Arezzo († V. 1050) : Musique.

XVIIe-XVIIIe SIÈCLES

LES MAURISTES

Dom Luc d'Achery († 1685) : Catalogue des auteurs spirituels pour les bibliothèques des Mauristes ; *Spicilegium* (13 vol.).
Dom Mabillon († 1707) : *Acta Sanctorum Ordinis Sancti Benedicti* (9 vol.). *Annales de l'Ordre* (arrêtées au milieu du XIIe siècle : 6 vol.) ; *Gallia Christiana* ; *De Re Diplomatica libri sex*, etc.
Dom Bouquet : *Recueil des historiens des Gaules* (13 vol. jusqu'en 1789).
Dom Rivet : *Histoire littéraire de la France*.
Dom Martène († 1739) : *Veterum Scriptorum collectio nova ; Thesaurus novus anecdotorum* ; *De antiquis ecclesiæ ritibus* (liturgie).
Dom Bernard de Montfaucon : *Palæographica græca*.
Dom Claude Martin († 1696), fils de la Vénérable Marie de l'Incarnation, publie les œuvres de sa mère et différents ouvrages de spiritualité.

Éléments bibliographiques

Vie et règle

Règles des moines (Pacôme, Augustin, Benoît, François d'Assise, Carmel), coll. « Points-Sagesse », Paris, Le Seuil, 1982.
Grégoire Ier, pape, *Vie de saint Benoît*, Abbaye de Clairvaux, 1980.
La Vie et la Règle de saint Benoît, traduites par E. de Solms, Paris, Desclée de Brouwer, 1965.
Règle du Maître, édition diplomatique de Dom Vanderhoven et F. Masai, Éditions Érasme, 1953.
Règle de saint Benoît, édition critique, avec bibl., intr. et comment. de Dom Adalbert de Voguë, coll. « Sources chrétiennes », Paris, Le Cerf, 7 vol., 1963-1977.
Guy-Marie Oury, *Saint Benoît, patron de l'Europe*, Tours, CLD, 1992.
Adalbert de Voguë, *Saint Benoît*, Paris, Éditions de l'Atelier, 1993.

La tradition et la culture bénédictines

Dom Schmitz, *Histoire de l'Ordre de saint Benoît*, Maredsous, 7 t., 1942-1956.
Id., *La Vie parfaite*, Turnhout, Brépols, 1950.
Louis Bouyer, *Le Sens de la vie monastique*, Turnhout, Brépols, 1950.
Walter Dirks, *La Réponse des moines*, Paris, Le Seuil, 1955.
Dom Jean Leclercq, *L'Amour des lettres et le désir de Dieu*, Paris, Le Cerf, 1957.
Olivier Rousseau, *Monachisme et vie religieuse d'après l'ancienne tradition de l'Église*, Chèvetogne, 1957.
Thomas Merton, *La Vie silencieuse*, Paris, Le Seuil, 1958.
Dom Cousin, *Précis d'histoire monastique*, Paris, Lethielleux, 1958.
Pierre Miquel, *La Vie monastique selon saint Benoît*, Paris, Beauchesne, 1979.
André Vauchez, *La Spiritualité du Moyen Âge occidental*, coll. « Points-Histoire », Paris, Le Seuil, 1994.

L'ORDRE DE CLUNY

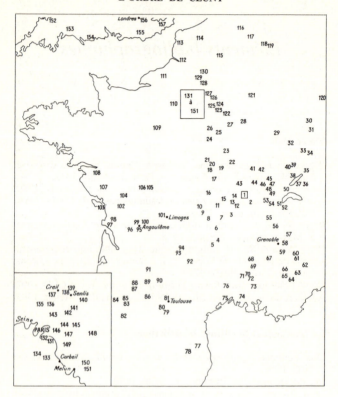

ABRÉVIATIONS :

A = *Abbaye absorbée par Cluny*
L = *Abbaye redevenue autonome*
P = *Prieuré clunisien*
C = *Collège*
v = *vers (date approximative ou incertaine)*
Les noms des 5 Filles de Cluny sont en petites capitales
La colonne des chiffres indique les dates de rattachement.

1 CLUNY			909	5 St-Flour (évêché)	1007
2 St-Laurent	P		1039		1318
3 Pommiers-en-Forez	P			6 SAUXILLANGES	927
4 La Voûte-Chilhac	P		1025	7 Thiers	A 1011

#	Name	Type	Date		#	Name	Type	Date
8	Chauriat	P	1015		70	St-Saturnin-du-Port	P	948
9	Mozac	A	1095		71	Goudargues	P	1066
10	Menat	A	1107		72	Piolenc	P	1008
11	Ris	P	952		73	Avignon (St Martial)	C	1379
12	Charlieu	P	930		74	St-Gilles-du-Gard	A	1060
13	Marcigny (moniales)		1055				L	1162
14	Paray	P	999		75	Montpellier (St-Benoît)	C	1368
15	Ambierlé	P	938		76	Tornac	P	
16	SOUVIGNY		916		77	Arles-sur-Tech	A	1078
17	St-Étienne (Nevers)	P	1068		78	Camprodon	A	1088
18	LA CHARITÉ-S-LOIRE		1054		79	Lezat	A	1073
19	St-Révérien	P	1055		80	Ste-Colombe	P	1110
20	Donzy-le-Pré	P	1109		81	Toulouse (La Daurade)	P	1077
21	Bonny	P			82	St-Pé-de-Bigorre	P	
22	Vézelay	A	1085		83	St-Léger-de-Bigorre	P	1064
		L	1256		84	Morlaas	P	1076
23	St-Germain d'Auxerre	A	1099		85	St-Mont	P	1075
		L	1256		86	St-Orens	P	1068
24	Courtenay	P			87	St-Louray	P	1088
25	Le Charnier	P	1088		88	Mézin	P v.	1075
26	Cannes	P	1172		89	Layrac	P	1062
27	Mergey	P			90	Moissac	A	1047
28	Margerie-Elincourt	P v.	1070		91	Eysses	A	1088
29	Relanges	P	1164		92	Figeac	A	1070
30	Ribeauvillé	P			93	Carennac	P	1040
31	St-Pierre de Colmar	P	990		94	Beaulieu (Limousin)	A	1095
32	Luxeuil	A					L	1213
33	Altkirch	P	1105		95	Ronsenac	P v.	1100
34	St-Alban	P	1105		96	Barbezieux	P	1043
35	Ile-St-Pierre	P v.	1100		97	St-Georges-de-Didonne	P	
36	Villars-les-Moines	P	1080		98	Saintes (St-Eutrope)	P	1081
37	Payerne	P	962		99	Angoulême (St-Gybard)	A v.	1115
38	Bevaix	P	998		100	Montbron	P	
39	Vaucluse	P	1107		101	Limoges (St-Martial)	A	1062
40	Hautepierre	P	1110				L	1246
41	Vergy (StVincent)	P			102	St-Jean d'Angely	A	1103
42	Dole (St Jérôme)	C	1496				L	1217
43	Mesvres	P	995		103	Ile d'Aix	P	1067
44	St-Marcel-lès-Chalon	P	999		104	Mougon	P	1029
45	Château-Salins	P			105	Poitiers (Montierneuf)	P	1069
46	Mouthier	P			106	Poitiers (St-Cyprien)	A	
47	Vaux-sur-Poligny	P	1020		107	Rosnay	P	
48	Baume	L	1239		108	Montbert	P	
49	Lons-le-Saunier (St-Désiré)	P	1254		109	Nogent-le-Rotrou	P	1080
50	Romainmôtier	P	929		110	Gassicourt	P	1074
51	Genève (St-Victor)	P	999		111	Longueville	P	1093
52	Contamine-sur-Arve	P	1119		112	Abbeville	P	1100
53	Gigny	P	1075		113	Samer	P	1107
54	Nantua	P	960		114	St-Bertin	A	1106
55	Inimont	P	1100				L	1139
56	Le Bourget-du-Lac	P	1024		115	St-Saulve	P	1103
57	Allevard	P	XIe s		116	Vlierbeek	P	
58	Domène	P	1027		117	Bertrée	P	1124
59	Valbonnais	P v.	1095		118	St-Séverin-en-Condroz	P	1091
60	Romette	P	940		119	Aywailles	P	1088
61	St-André de Gap	P	1029		120	Seltz (Ste-Adélaïde)		987
62	Faucon	P			121	Beaulieu-en-A.	A	1302
63	Faillefeu	P	1298		122	Gaye	P	1079
64	Valensole	P	1000		123	Sézanne	P	
65	Ganagobie	P v.	960		124	Montmirail	P	1085
66	Lagrand	P			125	Reuil	P	XIIe
67	St-Marcel de Dié	P v.	1210		126	Coincy	P	1070
68	Rompon	P	976		127	Crépy	P	1077
69	St-Marcel-lès-Sauzet	P	1037		128	Elincourt	P	

129 Montdidier	P	1119	
130 Lihons-en-Santerre		1119	
131 PARIS (St-Martin-des-Ch.)		1079	
132 Collège de Cluny	C	1269	
133 Longpont	P	1060	
134 Orsay	P	1084	
135 L'Isle-Adam	P		
136 Baillon	P		
137 St-Leu-d'Esserent	P	1081	
138 St-Nicolas-d'Acy	P	1098	
139 St-Christophe-en-Hallate	P	1063	
140 Nanteuil-le-Haudouin	P	1090	
141 Moussy	P	1090	
142 Mauregard	P		
143 Domont	P	1108	
144 Aulnay-le-Bondy	P	1090	
145 Annet	P	1055	

146 Pantin	P		
147 Gournay	P		
148 Crécy-en-Brie	P		
149 Marolles-en-Brie	P		
150 Verneuil	P		
151 Lady	P		

ANGLETERRE

152 Barnstaple	P	1107	
153 Montacute	P	1102	
154 Eastholme			
155 LEWES		1077	
156 Bermondsey	P	1088	
157 Monk's Horton	P	1140	

MONASTÈRES CONTEMPORAINS (en 1969)

ABRÉVIATIONS :

BF = Congrégation de France
BS = Congrégation de Subiaco
BB = Congrégation belge de l'Annonciation
BO = Olivétains
C = Cisterciens de la commune Observance
T = Cisterciens de la stricte Observance (dits « Trappistes »)
Te = Trappistines

1	SOLESMES	BF	1833
2	Port-Salut	T	1815
3	La Meillerave	T	1817
4	Bellefontaine	T	1817
5	Kergonan	BF	1897
6	Landevennec	BS	1950
7	Kerbéneat	BS	1878
8	Thymadeuc	T	1841
9	Boquen	C	1936
10	Briquebec	T	1825
11	La Trappe	T	1815
12	Le Bec	BO	1949
13	Saint-Wandrille	BF	1894
14	Wisques	BF	1889
15	N.-D. du Mont des Cats	T	1826
16	Ourscamp	C	1948
17	Igny (Te. 1929)	T	1875
18	Sainte-Marie (La Source)	BF	1893
19	Le Mesnil-Saint-Loup	BO	1886
20	Saint-Benoît-sur-Loire	BS	1865
		et	1944
21	Oelenberg (Te. 1922)	T	1825
22	N.-D. La Grâce-Dieu	T	1845
23	N.-D. d'Acey	T	1860
24	CITEAUX	T	1898
25	La Pierre-qui-Vire	BS	1850
26	Sept-Fons	T	1845
27	N.-D. des Dombes	T	1869
28	Hautecombe	BF	1922
29	Tamié	T	1861
30	GRANDE CHARTREUSE 1816-1903		1941
31	Chambarand (Te. xxe s.)	T	1868
32	N.-D. d'Aiguebelle	T	1816
33	Sénanque	C	1854
34	Lérins	C	1869
35	Roquebrune, *Camaldules*		1927
	Carmes		1948
36	N.-D. des Neiges	T	1849
37	N.-D. de Bonnecombe	T	1876
38	Fontfroide	C	1858
39	Cuxa	C	1921
40	En-Calcat	BS	1890
41	Madiran	BS	1935
42	Tournay	BS	1952
43	Belloc	BS	1875
44	N.-D. de Maylis	BO	1949
45	N.-D. du Désert	BO	1853
46	N.-D. Echourgnac (Te. 1922)	T	1868
47	Ligugé	BF	1853
48	Fontgombault	BF	1948

ANGLETERRE

49	Buckfast	BS	1882
50	Lulworth	T	1794
			-1817
51	Quarr Abbey	BF	1908
52	Farnborough	BF	1895

BELGIQUE

53	N.-D. Saint-Sixte	T	1831
54	Saint-André-de-Bruges		1901
55	Steenbrugge	BS	1879
56	Termonde	BS	1848
57	Afflighem	BS	1870
58	Le Mont-César (Louvain)	BB	1899
59	Bornem	C	1835
60	N.-D. Westmalle	T	1794
61	N.-D. Zundert	T	
62	Oosterhout	BF	1907
63	Marienkroon	C	1904
64	Koninghaven	T	
65	Slangenburg	BF	
66	N.-D. Tégelen	T	
67	N.-D. d'Achel	T	
68	N.-D. Echt	T	1883
69	Merkelbeek	BS	1893
			-1906
70	Cornelimünster	BS	1906
71	Valdieu	C	1844
72	Mariawald	T	
73	Stavelot	BB	1951
74	Clervaux (Luxembourg)	BF	1909
75	Orval	T	1926
76	Rochefort-Saint-Rémy	T	1887
77	Chevetogne		1939
78	MAREDSOUS	BB	1872
79	N.-D. Scourmont	T	1850

SUISSE

80	Einsiedeln		
81	Engelberg		
82	Disentis		
83	Hauterive	C	1945
84	La Valsainte	T	1791-
			1798
			1803-
			1811

Table

Vie de saint Benoît :

La vocation : 7 – Étapes de sa vie monastique : 19 – Sagesse de saint Benoît : 32 – Mort et survie : 45.

Une vie évangélique :

La communauté fraternelle : 51. *La vie en commun* : 52. *La stabilité dans un monastère* : 55. *La conversion sans cesse à reprendre* : 58. *Le joug de la règle* : 61. *L'abbé* : 62 – Une prière qui est un travail : 67 – Un travail qui est une prière : 74 – La troisième occupation des moines : 83 – Histoire bénédictine et tradition monastique : 87.

Textes :

Règle de saint Benoît : 101. *Prologue* : 101. *Chap. 2 et 64, L'abbé* : 105. *Chap. 3, Le chapitre des frères* : 111. *Chap. 4, Instruments des bonnes œuvres* : 112. *Chap. 5 et 68, De l'obéissance* : 115. *Chap. 7, De l'humilité* : 117. *Chap. 19-20, Qualités de la prière* : 123. *Chap. 52, De l'oratoire* : 124. *Chap. 31, L'économe* : 124. *Chap. 34, Pauvreté et vie commune* : 126. *Chap. 57, Les artisans* : 126. *Chap. 72, Du bon zèle* : 127.

La tradition bénédictine : 128. *Smaragde (IXe siècle). Prière mentale et vocale* : 129. *Pierre le Vénérable, abbé de Cluny (XIIe siècle). Observance et charité* : 133. *Mabillon (XVIIe siècle). Les études monastiques* : 140.

Les extraits des Dialogues de saint Grégoire *se trouvent répartis ainsi : chap.* VI, *Miracle du Goth : p. 74-75 ; chap.* VII, *L'obéissance de Maur : p. 65-66 ; chap.* XIV-XV, *Totila : p. 15-16 ; chap.* XVIII, *Le flacon dissimulé : p. 77-78 ; chap.* XXVIII-XXIX, *Le miracle du tonneau d'huile : p.* 33-34 *; chap.* XXXIII, *Le miracle de Scholastique : p.* 66-67 *; chap.* XXXV, *La vision du monde en un seul rayon : p.* 17-19.

Notes : 146

Repères : 149 – Les grandes périodes du monachisme bénédictin : 150 – Chronologie des principales fondations : 154 – Quelques grandes œuvres : 162 – Carte de l'ordre de Cluny : 168 – Carte des monastères contemporains : 170.

Bibliographie : 167

RÉALISATION : I.G.S. CHARENTE PHOTOGRAVURE À L'ISLE-D'ESPAGNAC
IMPRESSION : NORMANDIE ROTO IMPRESSION, À LONRAI
DÉPÔT LÉGAL : AVRIL 2001. N° 40765 (010720)